Die Frau,

das

Mann

Novelle

Ekkehard Meyer

Heitere Betrachtungen über unser Zusammenleben

Der Autor

Ekkehard Meyer wuchs in einer fünfköpfigen Familie im Nachkriegsberlin auf. Als Schüler begeisterte er sich für den Zusammenschluss Europas und hatte die Gelegenheit in Gastfamilien in Frankreich und England zu leben. Er gründete zusammen mit Freunden die ERG, eine Arbeitsgemeinschaft, die eine Vereinigung Europas unterstützte, und für die er Manifeste und Liedertexte verfasste. Der Autor studierte Wirtschaftswissenschaften und Maschinenbau und erlebte intensiv die 1968-er Protestbewegung der Studenten.

Die berufliche Tätigkeit führte ihn in mehrere Städte des süddeutschen Raums, er gestaltete für mittelständische Unternehmen und für Industriebetriebe die ausländischen Vertriebswege und hatte dabei die Gelegenheit die Lebensweise und Mentalität anderer Kulturkreise schätzen zu lernen.

Als der Broterwerb nicht mehr im Mittelpunkt stand, widmete sich der Autor zunächst der Musik und später der Literatur und wurde Mitglied der Literarischen Gesellschaft Karlsruhe. Einige seiner Kommentare und seine Bücher: Der Europäische Schatten, Der geliehene Partner, Wirtschaft ohne Moral, wurden veröffentlicht. Ekkehard Meyer ist Vater von zwei erwachsenen Söhnen. Ihm wurden bisher vier muntere Enkelkinder beschert.

Januar 2018

Kurzbeschreibung/Buchrückentext/Expos

Männer und Frauen unterscheiden sich nicht nur durch Geschlechtsmerkmale. Sie ticken auch anders! Die Emanzipation strebt ihre Gleichberechtigung an, damit werden nicht nur die Rechte der Frau gestärkt, auch die Rolle des Mannes muss sich zwangsläufig ändern. Viele junge Männer sind in dieser neuen Rolle verunsichert und überfordert. Die Senioren halten oft dem alten Rollenverhalten die Treue. In humorvoll erzählten Episoden persifliert der Autor das Zusammenleben von Mann und Frau.

Geleitwort

Liebet einander, aber macht die Liebe nicht zur Fessel.

Singt und tanzt zusammen und seid froh,

und doch soll jeder von euch bei sich allein bleiben,

so wie die Saiten einer Laute einzeln gespannt sind, auch wenn sie mit derselben Musik erzittern.

Khalil Gibran (1883 bis 1931) „Der Prophet"

Inhaltsverzeichnis

Faschingsball

Der Himmel zeigte sich bewölkt über Berlin, es setzte leichter Schneefall ein. Der Bowlenhut seines Kostüms rutschte Hans ins Gesicht, und er warf ihn gereizt auf den Rücksitz bevor er die Clay-Alle verließ und in Richtung Dahlem abbog. Renate suchte im Autoradio einen Sender, der Faschingsmusik spielte und fragte:»Ob Carola schon abfahrbereit ist? Ich bin so froh, dass sie mitkommt.«

»Werden auf diesem Kostümfest nur Leute sein, die vom anderen Ufer sind?«

Renate zuckte mit der Schulter:»Ich kenne nur den Gastgeber Dieter, ein ganz lieber Mensch, von dem man viel lernen kann. Er ist Dozent an der Hochschule für bildende Künste und ist stock schwul. Du wirst viele schön zurechtgemachte Frauen dort finden, aber ich vermute, dass Carola und ich die einzigen echten Frauen sind.«

»Bravo, da habt Ihr ja eine monopolartige Stellung! Die Homosexuellen können recht geistreich sein und sogar über ihre angeborene Neigung spötteln, aber Frauen gegenüber sind sie manchmal etwas unbeholfen.«

Hans hielt vor einem großen Bungalow, den man durch die Bäume des Parks und die Schneeflocken im Hintergrund erkennen konnte, Renate verkündete per Handy ihre Ankunft. Es dauerte eine Weile bis das elektrisch bewegte Gartentor aufschwang und Otto und Carola auf das Auto zuliefen. Das Motto des Faschingsballs war: Die wilden zwanziger Jahre, Otto trug einen Zylinderhut und einen Frack, Carola ging mit dekolletiertem, kurzem Kleid und Netzstrümpfen als Femme Fatal. Bevor sie die Freunde herzlich begrüßte und in das Auto einstieg, warf sie noch einen Blick auf ihren Taschenspiegel und überprüfte ihr

Makeup. Hans chauffierte den Wagen in sanften Bögen zurück zur Clay-Alle und nahm Kurs auf die Stadtmitte.

»Klasse, dass Ihr mitkommt! Wir sind zum ersten Mal in Dieters Wohnung«, begann Renate, die ein Charleston Sackkleid trug, aufgeregt zu berichten, »ich weiß, dass der Gastgeber einen riesigen Aufwand betreiben wird, um dieses Fest erfolgreich zu machen, und seine liebenswerten Jünger unterstützen ihn nach besten Kräften.«

»Sind alle Gäste Männer, die sich nicht wirklich für Frauen interessieren?«, forschte Carola nach und blickte enttäuscht auf ihr offenherziges Dekolleté, das ihr nun nutzlos erschien, wie eine Straßenlampe in der Wüste Gobi.

Hans steuerte seinen BMW in eine Tiefgarage der Uhlandstraße. Man nahm den Fahrstuhl, um in eine große Altbauwohnung in der vierten Etage zu gelangen. Eine verlebt wirkende, übertrieben geschminkte Tunte im Rüschenkleid mit einem federgeschmückten Hut öffnete die Tür. Renate begrüßte Dieter mit einem Wangenkuss: »Hereinspaziert ihr Süßen, heute sind so viele Warme hier, dass es schwer wird, ein kaltes Getränk zu finden!«, scherzte der Gastgeber. Die Wohnung war aufwendig dekoriert. In einem Raum war eine Nachbildung der Fassade des Hotels Adlon mit dem Brandenburger Tor, in einem anderen Raum eine Bühne, die an das legendäre Varieetheater Wintergarten erinnerte. Dieter stellte die Neuankömmlinge vor mit den Worten: »Die Frauen sind echt, aber Hände weg von ihren Männern!«

Spärlich bekleidete Männer und erotisch kostümierte Frauengestalten huschten vorbei, schmiegten ihre Körper aneinander oder bewegten sich im Rhythmus der Musik. Als Carola intensiv auf die Stelle einer Schönheit blickte, wo sie eine männliche Wölbung erwartete, lächelte diese kokett zurück und sagte: »Schnipp, schnapp«, machte mit Zeige- und Mittelfinger die

Bewegung einer Schere und wackelte mit ihrem perfekt geformten Hinterteil. Die Gäste machten einen ausgelassenen und ungezwungenen Eindruck und betrachteten die Neuhinzugekommenen mit Neugier, als würden sie Außerirdische beobachten.

Auf der Bühne wurde ein Sketch aus der Nibelungensage vorgetragen. Man sah Siegfried in einem Wald über einen Brunnen gebeugt. Hagen näherte sich von hinten mit den Worten: »Ei die dei, Du edler Jüngling, ich sehe Deine edle Gestalt und werde Dir jetzt meine heiße Lanze in den Körper rammen, empfange sie wie ein Held«, ein lüsternes Schmunzeln huschte über die Gesichter der Zuschauer, und es wurde lebhaft geklatscht.

Die Außerirdischen bewunderten die kreative Zimmerdekoration und die Kostüme als sich Dieter mit seinem leicht bekleideten Freund dazugesellte. Er blickt an sich herunter und bemerkte: »Nein, wie hat mich der liebe Gott so schön erschaffen, findest Du nicht Purzel? Nur dumm, dass ich meinen Busen an der Garderobe vergessen habe.« Er verneigte sich wie ein Hofnarr, der verpflichtet ist, seinen Zuhörern dauernd neue Späße zu bieten.

Eine als Kätzchen verkleidete Person, mit perfekten weiblichen Formen und einer erotisierenden, schnurrenden Stimme setzte sich auf seinen Schoß und ließ ihr Katzenschwänzchen um ihn kreisen. Jeder hätte schwören können, dass sich hier eine anziehende Frau anschmiegt. Nur als sie sich erhob und dabei die Perücke herabfiel, wurde ein Mann erkennbar. Hans war überrascht wie ein Restaurantbesucher beim Abheben der Silberhaube vom Teller, wenn statt des bestellten Filets, eine Krake zum Vorschein kommt.

»Am Buffet gibt es kleine Diäthäppchen, diese Leckereien müsst Ihr unbedingt probieren«, munterte Dieter seine Gäste auf und entfernte sich wieder in Richtung Tanzfläche.

Als Fahrer wollte sich Hans von alkoholischen Getränken fernhalten, also verkündete er voll Ungeduld bei einem Tomatensaft den Freunden seine Neuigkeit: »Nach einem Jahr Verhandlungen ist es mir endlich gelungen, meinen Traumoldtimer zu erwerben, den Wagen, den mein Vater verkaufen musste, als ich geboren wurde, *ein Borgward Isabella Cabrio!*«, er ließ verklärt die Augen kullern und machte den Eindruck, als sei er der Welt entrückt.

»Der Wagen muss über fünfzig Jahre alt sein, kann man sich denn mit einem solchen Relikt aus der Nachkriegszeit überhaupt noch auf die Straße wagen, und lassen sich mit diesem Vehikel die Abgasvorschriften einhalten?«, kam eine für Otto typische Frage, die für Ernüchterung sorgte.

»Die Isabella wird als das schönste Cabrio aller Zeiten gepriesen und verfügte damals schon über einen fünfundsiebzig PS Motor und eine sehr zuverlässige Technik«, schwärmte Hans unbeirrt, »der Wagen ist in einem Topzustand, und ich konnte den dänischen Besitzer auf 100.000€ herunterhandeln, inklusive vier Weißwandreifen, die sehr schwer zu erhalten sind und die Schönheit des Wagens erst richtig zur Geltung bringen.«

Bei dem genannten Preis blickten sich beide Damen beklommen an und atmeten vernehmbar durch. Otto sprang von seinem Platz auf: »Wie kann man denn für ein altes Auto, das nicht einmal die Leistung eines Kleinwagens erbringt, eine solch gigantische Summe verschleudern?«

»Von dem schicken Cabrio wurde nur eine geringe Stückzahl gebaut, und im Baujahr 1961 wurden die besten Borgwards hergestellt, das ist in der Fachwelt unbestritten, es ist ein echter Hingucker!« Der stolze Oldtimerbesitzer lehnte sich selbstgefällig zurück und ließ erwartungsvoll seinen Blick in die Runde schweifen, als wolle er Beifall einfordern.

»Für das Geld kannst Du einen funkelnagelneuen Porsche kaufen mit drei Jahren Werksgarantie, der wird von der Damenwelt auch bewundert. Willst Du das Fahrzeug fahren oder soll es eine wahnwitzige Kapitalanlage darstellen?«, kommentierte Otto und machte dabei eine wippende Bewegung, als würde er auf einem müden Gaul reiten.

»Ich werde in meinem Cabrio, wie von geschichteschreibender Hand getragen, durch die Welt gleiten, dabei fallen alle irdischen Unzulänglichkeiten ab, und ich kann mich der Schönheit des Augenblicks hingeben«, erwiderte er, schloss dabei die Augen und schnalzte mit der Zunge.

»Hast Du blauäugiger Träumer bedacht, dass alte Autos reparaturanfällig sind, willst Du Dir die nötigten Ersatzteile schnitzen lassen?«

»Ach, immer nur die blöden Autos! Habt ihr Männer kein anderes Thema zu bieten? Die Komödie: Kunst, soll wieder aufgeführt werden, da könnten wir gemeinsam hingehen, die ist ausnehmend lustig«, versuchte Renate einen Themenwechsel herbeizuführen.

»Ins Theater gehen wir selten, aber wir können gerne etwas zusammen mit Euch unternehmen. Ein Einkaufsbummel würde mir Spaß machen, ich habe da eine Krokodillederhandtasche entdeckt, die muss ich Dir zeigen. Ich kann Hans gut verstehen und seine Begeisterung für Ausgefallenes hat etwas Ansteckendes. Ich bin genauso verrückt nach der Tasche, wie Hans nach seinem Cabrio«, gestand Carola, die Hans unterstützen wollte.

Der Fahrer der Gruppe wollte sich nicht von seiner Borgward Isabella ablenken lassen und fuhr unbeirrt fort: »Die Ersatzteilversorgung ist ein großes Thema bei Oldtimern, das ich elegant lösen konnte. Im Kaufpreis inbegriffen ist ein Satz Verschleißteile, sogar eine Lichtmaschine und ein Kotflügel sind dabei.«

»Diese Bezeichnungen klingen in meinen Ohren ähnlich verstaubt, wie es Dein Auto ist. Die Bezeichnung Lichtmaschine ist unkorrekt, es ist keine Maschine sondern ein Generator. Der Strom, den er erzeugt, dient in erster Linie den Fensterhebern und anderen Assistenzsystemen, nur ein geringer Teil wird für das Licht benötigt«, ereiferte sich Otto in seiner belehrenden Art.

»Wenn ich in ein Autohaus gehe und einen Generator verlange, wird der Ersatzteilverkäufer dabei an ein Kraftwerk denken und nicht an eine Lichtmaschine für ein Auto. Manche Begriffe sind verbreitet, obwohl sie nicht korrekt sind, lieber Herr Dr. Otto Kaufmann, das muss man akzeptieren«, verteidigte sich der Oldtimerbesitzer und schlürfte genussvoll seinen Tomatensaft.

Wenn Otto auf eins seiner Lieblingsthemen zu sprechen kommt, dann kann er sich an seinen Argumenten berauschen und aufschaukeln und seine Stimme wird belehrend, wie der Vortrag eines Lehrers in der ersten Klasse: »Die Bezeichnung Kotflügel setzt voraus, dass die Straßen mit Kot übersät sind, der durch die Räder aufgewirbelt wird. Den Unrat kann man förmlich riechen, wenn das Wort ausgesprochen wird. Die Engländer sind da zurückhaltender, sie sprechen von einem mudguard, also Schlammschützer, das hört sich appetitlicher an. Inzwischen ist der Kotflügel in die Karosserie integriert und sollte Karosserieecke oder Radverkleidung genannt werden«, zur Bekräftigung seiner Feststellung fügte Otto noch ein finales Kopfnicken hinzu.

»Manch armem Tropf gelingt es nicht auf den Schwingen der Begeisterung zu entschweben, dem bleiben nur die Trübsal und die Beschäftigung mit dem Kot unter dem Flügel«, mokierte sich Hans.

»Manch Ikarus ist auf Wachsschwingen entschwebt und in der wärmenden Sonne abgestürzt!«

»Ob Generalrollator oder Radversteck, das ist mir gleichgültig, Deine Besserwisserei nervt und Du verstehst es, mit wenigen Sätzen unsere Stimmung kaputt zu machen, daher möchte ich Dir den Ziegenbockorden erster Klasse mit zwei goldenen Hörnern verleihen.« Hans erhob sich feierlich, steckte seine zwei Trinkhalme an Ottos Revers und applaudierte betont müde zu dieser Auszeichnung und fuhr fort: »Wenn Du weiter schlechte Laune verbreitest, habe ich keine Lust mit Dir nach Hause zu fahren, dann such Dir eine Taxe.«

Carola wurde auf die Tanzfläche entführt und bewegte sich steif und unsicher beim Tanzen. Diese Welt der Männer, die sich so ungeniert küssten und Zärtlichkeiten austauschten, stellte ihr Weltbild auf den Kopf. Ihre fraulichen Reize, die stolze Helden erweichen konnten, kamen ihr heute so überflüssig vor wie Flügel bei einem Maulwurf.

»Wenn bei befreundeten Menschen einer schwachsinnig handelt, ist es die Pflicht des Anderen ihn davon abzuhalten, zumindest ihn darauf hinzuweisen«, fuhr Otto fort, dem man die Wirkung des Alkohols anmerkte im Gegensatz zum Fahrer, der stocknüchtern war.

»Wenn bei befreundeten Menschen einer verbittert ist und nur zersetzendes Zeug daherredet, dann ist es des Anderen Pflicht, ihm einen guten Psychiater zu empfehlen.«

»Hans und Otto, jetzt ist Schluss mit dem blöden Autogequatsche, das mich langweilt und uns den Abend verdirbt. Ich setze mich jetzt zwischen Euch und will kein Wort mehr von einem Oldtimer hören«, rief Renate gereizt und stieß bei dieser Aktion ein Sektglas um. Der Sekt lief langsam über die Tischplatte und tropfte dann auf Ottos Schenkel. Sie erschrak und bemühte sich den Fleck mit einer Serviette trockenzureiben.

»Was fummelst Du an meinem Mann herum«, protestierte Carola, als sie von der Tanzfläche zurückkehrte, »ich habe schon immer geahnt, dass Du scharf auf ihn bist. Tue Dir keinen Zwang an, schließlich ist Faschingszeit!«

»Ich versuche einen Fleck zu entfernen, zugegeben an einer pikanten Stelle. Du kannst beruhigt sein, Dein Mann ist für mich *ein erotisches Neutrum*, einmal, weil er Dir gehört und zum anderen, weil er heute den Charme einer Büroklammer versprüht.«

Renate wollte dem nörgelnden Otto einen Dämpfer verpassen und hatte sich zu einer Beleidigung hinreißen lassen, die sie nun bereute.

Ein Tusch erklang und die Sängerin Marlene Dietrich wurde angekündigt. Der Scheinwerfer wurde auf eine mit Netzstrümpfen und Strapsen bekleidete Person gerichtet, die eine schwarze Lederkorsage trug mit einem Rückendekolleté, das bis zum Poansatz reichte und Carolas Dekolleté als hausbacken deklassierte. Die Stimme ähnelte aufs Haar der von Marlene Dietrich. Die Sängerin rekelte sich auf einem Ledersessel und streckte ein Bein in die Höhe. An der Textstelle: »Männer umschwirr'n mich, wie Motten das Licht, und wenn sie verbrennen, ja, dafür kann ich nichts«, ging sie mit wippendem Gang, begleitet vom Scheinwerfer auf Otto zu und legte ihm ein Bein auf den Schoß. Das streitende Quartett wurde unerwartet in das gleißende Scheinwerferlicht getaucht und die gegenseitigen Beschimpfungen verstummten augenblicklich. Otto blickte hilfesuchend in die Gesichter der Zuschauer, fügte sich dann in die ihm zugedachte Rolle und streichelte mit übertriebenen Gesten das dargebotene Bein. Singend lockte sie ihr Opfer auf die Bühne, wo er ihr beim Öffnen der Korsage behilflich sein sollte. Ottos Frack zitterte, ahnte er, dass seine Handlungsweise nicht dem häuslichen Frieden dienen konnte, aber er wollte auch kein Spielverderber sein. Die knappe Lederhülle fiel zu Boden und eine perfekte, weibliche Figur mit schwarzem Slip wurde sichtbar. Beifall brandete auf, und der Assistent wurde mit einem Wangenkuss von der Bühne entlassen.

Am Tisch ließ Carolas Zorn von Renate ab und wechselte schlagartig auf ihren zurückkehrenden Ehemann: »Glaubst Du, ich habe nicht bemerkt, mit welcher Freude Du dieses Flittchen ausgezogen hast?«

»Ich fand, unser Otto hat seine Rolle als Bewunderer der großen Marlene Dietrich hervorragend gespielt«, kommentierte Hans, um Carolas Zorn zu lindern.

»Er ist schließlich *mein Mann* und er sollte sich an keine andere Frau heranmachen, schon gar nicht, wenn ich dabei bin!«

»Er war das *unschuldige Opfer* einer Bühnenshow.«

Otto fühlte sich, trotz aller Ermahnungen, erneut verpflichtet auf einen unkorrekt verwendeten Begriff hinzuweisen: »Wer kann sich anmaßen zu beurteilen, ob ein Opfer unschuldig ist? Auch in Zeitungsberichten liest man oft diesen Unfug: Zweihundert *unschuldige Opfer* bei einen Flugzeugabsturz getötet, kann der Reporter für die Unschuld jedes einzelnen garantieren? Korrekt wäre die Bezeichnung: An der Absturzursache *unbeteiligte Opfer*. Ich bin kein *unschuldiges Opfer* einer Bühnenshow, ich wurde auf die Bühne gedrängt!«

»Dann bist Du unschuldig auf die Bühne gedrängt worden, auch gut. Deine Frau ist eine wunderschöne Frau, von Männern begehrt und von Frauen beneidet, warum lodert in Carola diese liebestötende Flamme der Eifersucht?«, fragte Hans.

Diese schmeichelhafte Beschreibung ihrer Freundin störte Renate, sie stellte klar: »Schon die Bezeichnung: *Mein Mann*, ein besitzanzeigendes Fürwort, erweckt den Eindruck, dieser Zustand sei für alle Ewigkeit festzementiert, aber hier irren viele Frauen. Die Zuneigung in einer Beziehung will täglich neu erworben sein und kann nicht durch einen Ehevertrag erzwungen werden.«

»Ich will nur zeigen, dass wir zusammen gehören, und dass er schon vergeben ist. Er kann sich Appetit draußen holen, aber gegessen wird zu Hause!«

»Ich habe den Eindruck, dass Du viel mehr damit sagen willst! Deinem Mann signalisierst Du, dass er auf Gedeih und Verderb an Dich gekettet ist. Den Konkurrentinnen willst Du klarmachen, der gehört mir, Hände weg!«

»Und welche Formulierung würde unsere empörte Hobbypsychologin wählen, wenn die Bezeichnung, mein Mann, tabu wäre?«

»Man könnte ihn Partner oder den Mann an meiner Seite nennen, besser noch: Der Mann, der mich trotz meiner Fehler liebt.«

»Redest Du von dem Mann, der, wider alle Vernunft, einen Borgward gekauft hat zum Schnäppchenpreis von bescheidenen hunderttausend Euro?«, schaltete sich der schlecht gelaunte Otto ein, um damit diese Diskussion der Damen gewaltsam zu beenden.

»Lasst uns aufbrechen bevor unsere Auseinandersetzung peinlich wird. Es ist spät geworden.«

Hans war enttäuscht, dass sein Oldtimer in Freundeskreis wenig Begeisterung erweckt hatte. Er betrachtete Otto als guten Freund, er schätzte seinen analytischen Verstand, seine Sachkenntnis und seine Gedächtnisfähigkeit, hingegen war ihm seine zersetzende und belehrende Art schon lange ein Dorn im Auge und forderte eine Reaktion heraus. Er hielt Ottos Streben nach Geld für glückshemmend und wollte an einem Beispiel demonstrieren, dass sich nicht alles mit Geld lösen lässt. Am Auto im Parkhaus angekommen, verkündete der Fahrer pathetisch: »Mein lieber Otto, ich habe Dich vorhin gewarnt, dass Du Dir ein Taxi für die Heimfahrt suchen musst, denn ich möchte jetzt nicht im Auto Deine nervende Belehrungen ertragen.«

Otto zog gereizt sein Handy aus der Tasche und versuchte eine Taxe zu bestellen, fand jedoch in der Tiefgarage kein Netz. Wegen der Faschingszeit war es schwierig, eine freie Taxe zu finden. Er eilte in den Eingangsbereich, wo sein Handy Empfangsbereitschaft angezeigte. Von dort hörte man ihn lamentieren: »Das ist ja unfassbar, frühestens in zwei Stunden?«

Als er zurückgetrottet kam, wie ein geschlagener Hund mit eingezogenem Schwanz, rief ihm Hans entgegen: »Wenn Du stramm marschierst, kannst Du noch vor Tagesanbruch zu Hause sein.«

Renate billigte die Provokation dem Freund gegenüber nicht und suchte nach einer Lösung, aber sie kannte ihren Partner und wusste, dass er sich verpflichtet fühlte, wortzuhalten, selbst wenn es ihm später leidtun würde: »Wenn Otto im Kofferraum mitfährt, dann musst Du ja nicht im Fahrzeug mit ihm sitzen, das hat etwas Witziges zur Faschingszeit«, und sie öffnete entschlossen den Kofferraumdeckel. Der Abgestrafte blickte sich hilfesuchend um. Hans richtete seinen Blick starr in die Ferne, die Damen ermunterten ihn lächelnd zur Mitfahrt im Gepäckabteil, die den Fasching erst zu einem richtigen Erlebnis machen würde. Er kroch mit Helau- und Alafrufen, den Spielregeln folgend, in sein finsteres Verließ.

Hans stellte das Autoradio laut, als müsse er böse Geister vertreiben, steuerte wortlos den Wagen nach Dahlem und hielt vor dem Bungalow. Mit dem Elan eines Verehrers öffnete er die Beifahrertür und verabschiedete sich mit einer Umarmung von Carola. Renate eilte zum Kofferraumdeckel, befreite Otto aus seinem engen Käfig und nahm ihn zum Abschied, mit einem Blick des Bedauerns, in die Arme.

Das heiter geplante Faschingsfest nahm ein nicht ganz ge-
glücktes Ende, und Dieter war dafür nicht verantwortlich zu
machen.

Hans und Renate

Das Besondere an einem Sonntag besteht in der Möglichkeit, lange schlafen zu können, daher drehte sich Renate, wohlig seufzend, noch einmal im Bett herum, während Hans sich die Zähne putzte und duschte. Er trocknete sich ab und ging dann leise in die Küche, um das Frühstück vorzubereiten, das beide am Wochenende im Bett einzunehmen pflegten. Toastbrote wurden geröstet und mit Honig oder Wurst bestrichen, zusammen mit dem Kaffee stellte er alles auf ein Tablett. Hans klemmte sich die Zeitung unter den Arm, trug das Frühstück in das Schlafzimmer und setzte sich wieder ins Bett.

Renate erhob sich nur zögerlich aus ihren Federn und monierte: »Du hast meinen Zucker vergessen.« Er biss herzhaft in sein Toastbrot und dachte, dann hole Dir den Zucker selbst.

»Dein Schnarchen hat mich heute wieder eine Stunde Schlaf gekostet, besonders wenn Du auf dem Rücken liegst und Wein getrunken hast, stellt sich unbarmherzig Dein sägendes Geräusch ein.«

Hans wusste, dass er gelegentlich schnarchte, aber ganz geräuschfrei schlief sie auch nicht, und er störte sich nicht an ihrem Lärmpegel, im Gegenteil, er fühlte ihre Nähe intensiver. Ihre vorgetragene Klage empfand er als lieblos: »Wir Männer müssen schnarchen, um unsere Frauen zu schützen und die wilden Tier vor der Höhle zu vertreiben. Nur auf diese Weise kann ich Dich vor diesen Bestien bewahren und Deinen Schlaf absichern.«

Sie schmunzelte über seine Betrachtungsweise blieb aber im Angriffsmodus: »Der Kauf des Oldtimers ist Deine Angelegenheit. Bei dieser Summe wäre es jedoch wünschenswert, dies vorher mit mir zu besprechen. Den *Kauf einer neuen Küche* hast Du von Jahr zu Jahr verschoben. Deine Überraschung auf dem

Fest hat bei mir eine Begeisterung ausgelöst, wie ein Dachstuhlbrand im eigenen Haus.«

»Ich habe damit gerechnet, dass sich Deine Begeisterung in engen Grenzen halten würde. Erlaube mir eine Frage: »Wie oft hast Du in unserer Küche in den letzten drei Jahren gekocht? Wenn ich sehr aufrunde, komme ich auf hundert Mal.«

»Du übertreibst wieder, wir essen meistens zu Hause, wenn ich keinen Dienst habe, und wir sind beide nicht unterernährt.«

»Ich spreche nicht von den Malzeiten, die ich zubereitet habe, ich benötige keine neue Küche. Ich meine Speisen, die Du selbst gekocht hast, nicht die tiefgekühlte Pizza, die Du in der Mikrowelle warm gemacht hast. Eine neue Küche nach Deinem Geschmack kostet mindestens zwanzigtausend Euro.«

»Dafür sind alle Küchengeräte neu, mit Garantie und arbeiten viel sparsamer. Die Reparatur des Geschirrspülers im vorigen Monat wäre uns erspart geblieben.«

»Teilen wir die erforderliche Investition durch hundert, dann kommen wir auf den stolzen Betrag von *zweihundert Euro pro Mahlzeit*, ohne Strom und Zutaten. Dagegen bietet das Hotel Adlon sein Fünfgängemenü ja zu einem Schnäppchenpreis an. Ich hoffe, Du verstehst, warum eine neue Küche bei mir keine hohe Priorität hat. Mein Borgward Isabella Cabrio hingegen erfüllt mich mit Stolz und Freude, es gewinnt mit den Jahren an Wert, eine neue Küche ist schon nach wenigen Jahren unverkäuflich und damit wertlos.« Bei diesen Worten lehnte sich Hans selbstgefällig zurück und ließ seine Ausführungen im Raum nachklingen, als habe er gerade die Relativitätstheorie von Einstein verständlich gemacht.

Renate fielen keine weiteren Argumente ein, und eine neue Küche war ihr eigentlich nicht wichtig. Sie war vielmehr verärgert darüber, dass er sie nicht in seine Entscheidung mit eingebunden hatte und wechselte schnell das Thema: »Ich finde *Du hast bei dem Faschingsfest überreagiert*, man sollte einen Freund nicht in den Kofferraum sperren, nur weil er einige unpassende Anmerkungen gemacht hat.«

»War das mit dem Kofferraum nicht Deine Idee? Ich fände es gut, wenn dieser Miesepeter hätte zu Fuß gehen müssen, dann hätte er Zeit gehabt über sein wiederholtes und zersetzendes Gequatsche nachzudenken. Otto macht es mir schwer, ihn lieb zu haben, weil er seine Intelligenz und seinen Wohlstand immer wieder heraushängen lässt. Seine Betrachtung über den Kotflügel, der eigentlich Radverkleidung genannt werden sollte, ist treffend, aber er trägt sie so belehrend und besserwisserisch vor und zerstört die Partylaune der anderen«, erwiderte Hans, schenkte sich Kaffee nach und griff nach der Zeitung.

»Ich sehe beide gern und möchte die freundschaftliche Bande erhalten. Nach meinem Eindruck gehst Du zu streitsüchtig mit Otto um und *hofierst Carola* so dick aufgetragen, dass es peinlich ist.«

»Carola ist eine anziehende, liebeschenkende Schönheit, die sich auf ihr Äußeres konzentriert und ihre Bildung vernachlässigt hat, genau den Vorstellungen vieler Männer entsprechend.«

»Und wenn ich Dich so herumturteln sehe, denke ich, Du gehörst auch zu diesen Männern.«

»Der Volksmund sagt: Dumm fickt gut, das soll ja für beide Geschlechter gelten. Auf mich haben Frauen, die sich mehr vom Gefühl leiten lassen und sich anlehnen möchten, eine stärkere erotische Ausstrahlung als *Emanzen, die mit ihrem Intellekt nach Dominanz streben.*«

Renate richtete sich auf wie eine Wölfin, die ihre Jungen verteidigen muss und führte ihre Kaffeetasse im Zeitlupentempo an die Lippen, um Gelassenheit zu demonstrieren, »willst Du damit andeuten, dass ich eine nach Dominanz strebende Emanze bin,

19

die keine erotische Ausstrahlung hat, warum hast Du Dir nicht ein entsprechendes Frauchen gesucht?«

»Für mich bleibst Du eine anziehende Frau, die ich liebe, sonst würden wir nicht zusammen leben, obwohl Du kopfgesteuert bist.«

»Wenn Dir Pascha ein Dummerchen an Deiner Seite lieber ist, dann bist Du hundert Jahre zu spät geboren. Die Gattung Konkubine, die ihren Körper für Unterhaltszahlungen anbietet und ihren Gönner anbetet, ist fast völlig ausgestorben. Darin sehe ich eine befreiende und positive Entwicklung.«

»Ja, ja, das Zeitalter der Frau bricht endlich an, da können wir Männer uns mit Hingabe auf das Stricken konzentrieren und unsere *angeborenen Aggressionen* an der Nadel auslassen und nicht mehr an unseren Kollegen!«

Renate stellte mit einer heftigen Bewegung ihre Tasse ab und blickte ihn strafend an, »mache Dich nur lustig über die zaghaften Ansätze zur Gleichberechtigung. Die Gehälter der weiblichen Ärzte liegen immer noch um fünfundzwanzig Prozent unter denen der männlichen Kollegen, bei gleicher Arbeit, das finde ich weniger lustig.«

Hans blätterte demonstrativ in der Zeitung um zu unterstreichen, dass ihn diese Diskussion nicht sonderlich interessierte, dann lachte er laut auf, »diese Notiz passt trefflich zu unserem Thema, an der pädagogischen Hochschule beträgt der Frauenanteil achtundachtzig Prozent, und es werden dort *vierzehn Frauenbeauftragte* beschäftigt. Ich frage mich, was machen die den ganzen Tag? Da gehört eher ein Männerbeauftragter hin!«

Sie nahm ihm die Zeitung aus der Hand und verkündete mit gewichtiger Miene: »Ich wurde zur *Oberärztin befördert*, ohne die Hilfe einer Frauenbeauftragten!«

»Ich gratuliere, wurde Dein Eifer und Dein Engagement endlich auch belohnt«, er drückte ihr einen Kuss auf die Stirn und eilte zum Kühlschrank, um eine Flasche Sekt zu holen, »das ist ein Grund zum Feiern.«

»Tatsächlich machen mir besonders die männlichen Chirurgen das Leben schwer, sie wollen keine Frau als Vorgesetzte akzeptieren und warten nur auf den kleinsten Fehler von mir, wie Schakale auf ein angeschlagenes Tier, diese Bestien im weißen Kittel.«

»Auf der Beerdigung am letzten Freitag ging der Chirurg direkt hinter dem Sarg. Ich finde es lobenswert, wenn sich ein Mann zu seinen Schandtaten so deutlich bekennt, das macht diese Götter in Weiß etwas menschlicher.«

Renate nahm überschwänglich einen kräftigen Schluck Sekt: »Was hältst Du von der Idee, Otto und Carola *zu einem Wellness-Wochenende einzuladen*, eine Art Wiedergutmachung für das missglückte Faschingsfest.«

»Ich wurde beleidigt und sehe keinen Grund für eine Wiedergutmachung, aber es bietet sich eine gute Gelegenheit, den beiden meinen belächelten Oldtimer vorzuführen. Wir könnten gemeinsam nach Quedlinburg fahren, dort würde ich gerne ein Wochenende verbringen. Ich treffe Otto zum Tennisspielen, dabei werde ich unsere Einladung aussprechen.«

»Mir gefällt die Idee gut, nur müssen wir ein Wochenende wählen, an dem ich keinen Bereitschaftsdienst habe, das wäre in vier Wochen. Heute ist ein sonniger Tag, wollen wir *zu den Beelitzer Heilstätten* fahren? Die Anlage steht jetzt unter Denkmalschutz und insbesondere der Baumwipfel Pfad soll sehenswert sein.«

»Dort könnten wir in schwindelnder Höhe Deiner Beförderung einen würdigen Rahmen geben und unseren Blick in die Ferne und unsere Zukunft schweifen lassen, das ist eine gute Idee.«

Auf der Fahrt zu den Beelitzer Heilstätten las Renate aus einem Reiseführer vor: »Die Anlage wurde um 1900 errichtet, als Europa von einer Tuberkuloseepedemie heimgesucht wurde. Sie diente der Wiederherstellung der Arbeitskraft, besonders von armen Teilen der Bevölkerung, die oft in hygienisch unzumutbaren Verhältnissen leben musste. Es wurde versucht, durch reichhaltiges Essen, die Zutaten wurden meist in der Anlage angebaut und zubereitet, ferner durch Ruhe und saubere Luft, eine Heilung herbeizuführen. Nur in Ausnahmefällen wurden chirurgische Eingriffe vorgenommen. Zu DDR Zeiten wurde der Gebäudekomplex von der russischen Besatzungsmacht als Krankenhaus und Tagungsstätte genutzt und verfiel danach. Heute steht er unter Denkmalschutz und im Jahr 2015 wurde *ein Baumwipfel Pfad errichtet*, auf den ich neugierig bin«, sie klappte das Buch zu und blickte ihn an. »Lass uns zunächst an einer Führung durch die Anlage teilnehmen und danach den Baumwipfel Pfad erklimmen.«

Einige der zahlreichen Häuser waren liebevoll restauriert, die meisten befanden sich in einem beklagenswerten Zustand. Die Fenster waren zerstört und aus den Dächern wuchsen Bäume, die Natur eroberte sich ihr Reich zurück und entlarvte das Werk von Menschenhand als Tand. Man konnte nur die einstige Pracht erahnen, hohe Fenster mit Rundbögen, verspielt wirkende Erker und Giebel, überdachte Eingänge und Becken mit Springbrunnen. Der Patient sollte sich nicht nur an den guten Speisen erfreuen, sondern schöne Bauten und Parkanlagen sollten zur Stärkung seiner inneren Abwehrkräfte und zu einer Harmonie zwischen Körper und Seele beitragen. Wie schlicht, durch Zweckmäßigkeit geprägt, wirken unsere heutigen Krankenhäuser dagegen, wo die Heilung durch die teuren Medikamente der Pharmaindustrie herbeigeschluckt werden soll, die oft verheerende Nebenwirkungen verursachen.

Der Führer durch die Heilstätten stellte sich vor: »Ich bin gelernter DDR-ler«, man merkte ihm an, dass er auf seine Heimat stolz war, und er sparte nicht mit Lob über die Errungenschaften der damaligen Zeit, dank seiner Vorfahren. Die Heilstätten verfügten über ein *eigenes Kraftwerk, das im Verbund Wärme und Strom produzierte.* Es wurde zur Reinhaltung der Luft in einem gebührenden Abstand errichtet und durch eine Fernleitung mit den Patientenhäusern verbunden. Die dabei verwendeten Tunnel konnten als überdachte, beheizte und begehbare Verbindungen zu den weitläufig verteilten Gebäuden auch im Winter genutzt werden.

»Ist Dir aufgefallen, wie sorgfältig die Gebäudekomplexe für männliche Patienten von denen für weibliche getrennt waren? Hier wachten zwei Pförtner über die Tugendhaftigkeit der Kranken, eine breite Allee sorgte für einen gebührenden Abstand zwischen Männlein und Weiblein. Dabei könnte ein *Kurschatten* die Heilung auch positiv beeinflussen, ein Thema, das auch die Mediziner beschäftigt hat«, gab Renate amüsiert zu bedenken.

»Während einer Kur ist der Patient aus seinem gewohnten Umfeld herausgelöst, und es fällt ihm leichter, einen Kontakt zu Menschen aufzubauen, die von der gleichen Krankheit heimgesucht wurden, sie sind Leidensgefährten. Könntest Du Dir vorstellen, Dich mit einem Kurschatten einzulassen, wenn er eine starke Ausstrahlung auf Dich ausüben würde?«

»Ein Kurschatten kann ehespendend oder –zerstörend wirken, er ist wahrscheinlich verheiratet, hat drei Kinder, einen Holzwauwau und eine Reihe von nicht abbezahlten Möbeln. Ich würde trotz seiner überwältigenden Ausstrahlung zögern, aber vielleicht nach einer Woche der Abstinenz meine Entscheidung überdenken«, gestand Renate.

»Bedenke, dass er Dich nur anbaggert, weil sich während der Kur nichts Besseres finden lässt!«, lästerte Hans und lachte laut über sein Witzchen.

»Hier täuscht sich mein, ach, so charmantes Hänschen! Ihr sexbesessenen Männer begehrt oft gerade das, was ihr nicht habt, egal ob auf der Welt noch Besseres zu erhaschen ist«, sie schubste ihn kokett von der Steinbank an dem halbverfallenen Brunnenbecken, auf der sie beide eine Pause eingelegt hatten.

»Um dieses Drama zu umschiffen und einer weiteren Bevölkerungszunahme entgegenzuwirken, haben die weisen Planer dieser Anlage damals die Männlein sorgfältig von den Weiblein getrennt. Heute nimmt die Bevölkerung ab, und dennoch zögert die Medizin Viagra während der Kur zu verteilen, um die Heilung zu beschleunigen und eine Überalterung zu verhindern«, witzelte Hans und schob sich wieder auf die Bank.

»Ein Mann kann keinen Kurschatten auf Rezept verlangen und hat keinen Anspruch auf Viagra über die Krankenkasse, das haben Gerichte schon entschieden. Bei einem hohen Anteil von müden Liebhabern würde der Krankenkassenbeitrag unzulässig für alle steigen, und wir Frauen kommen ohne Viagra zurecht«, spöttelte die Medizinerin.

Die beiden Besucher nahmen gut gelaunt und sich gegenseitig neckend in einem Lokal Platz, um eine Stärkung einzunehmen, und sich über den weiteren Rundgang abzustimmen. Von hier konnte man den etwa vierzig Meter hohen *Aussichtsturm* sehen, sowie den Baumgipfel Pfad, der in zwanzig Metern Höhe auf Stelzen gestützt war und sich an Bäumen und halb verfallenen Gebäuden entlang schlängelte.

»Ich möchte zunächst den Turm erklimmen und dann auf dem Pfad lustwandeln«, beeilte sich Hans, einen Vorschlag zu machen.

Der Aussichtsturm bot einen beeindruckenden Rundblick auf eine *ausgedehnte Waldlandschaft*, die nur selten von Ansiedlungen unterbrochen wurde und sich auf sanften Hügeln erstreckte. Wald, soweit das Auge reichte, von den Heilstätten und den wenigen umliegenden Ortschaften waren nur die Dachspitzen der Häuser erkennbar, die sich hinter Bäumen versteckt hielten. Einige weiße Wolken zeigten sich am blauen Himmel und ein sanfter Wind liebkoste den Betrachter. Hans machte einige Fotos, und beide schlenderten Hand in Hand den Baumwipfel Pfad entlang und bewunderten Baumknospen und Kronen, sowie Pflanzen, die aus dem Mauerwerk und den Dächern der verfallenden Bauwerke wuchsen. Unter dem eigenen Schritt geriet der Pfad leicht in Schwingungen, wie ein Schiff, das von Wellen gewiegt wird. Hans drückte seine Partnerin auf eine Bank und sah ihr fragend in die Augen: »*Ich möchte, dass wir Kinder haben!* Sie sollen unsere Eigenschaften in die Zukunft tragen und unserem Leben einen nachhaltigen Sinn geben. Wir sollten diese Entscheidung nicht von Jahr zu Jahr verschieben. Kannst Du Dir vorstellen, jetzt ein Kind zu kriegen?«

»Bist Du sicher, dass es für die Menschheit eine Bereicherung wäre, wenn auch unsere miesen Eigenschaften in die Zukunft getragen würden? Stelle Dir das bedauernswerte Kind vor, das Dein mangelndes Feingefühl vererbt bekommt und mein biederes Aussehen.«

»Dein Spott lässt ahnen, dass Dein Kinderwunsch unverändert wenig ausgeprägt ist. Ich befürchte, er ist gänzlich untergegangen durch Deine berufliche Tätigkeit, obgleich Du sicherlich eine gute Mutter wärst.«

Renate ließ sich viel Zeit mit ihrer Antwort, denn sie wollte ihn nicht verletzen, doch sie wollte auch ihren Standpunkt deutlich machen: »Gerade jetzt ist der Zeitpunkt ungünstig, ich muss meine neue Position als Oberärztin erst festigen, das bitte ich

Dich zu verstehen. Ich fürchte auch, ich wäre eine Rabenmutter, und das darf man einem Kind nicht antun.«

»Die biologische Uhr tickt und lässt sich nicht überlisten, in zehn Jahren kannst Du keine Kinder mehr bekommen, und ich will dann nicht auf dem Boden herumkrabbeln und Eisenbahn spielen.«

Auf dem schwankenden Pfad kam ein junges Paar vorbei, er schob genervt einen Kinderwagen mit einem permanent schreienden Baby, die Mutter versuchte es, mit den Worten tuck, tuck, tuck und einem Nuckel zu beruhigen. Als das nicht half, nahm sie es aus dem Kinderwagen und schaukelte das sirenenartig kreischende Menschlein in ihrem Arm. Auch als der Kinderwagen schon hinter der Pfadbiegung entschwunden war, konnte man das Schreien noch hören.

Renate legte ihre Hand in seine: »Dafür habe ich im Moment keine Nerven. Ein Kind hat einen Anspruch auf Betreuung durch seine Eltern, das kann ich unserem Nachwuchs nicht bieten. Wenn man Kinder in die Welt setzt, dann sollten sie zumindest in den ersten acht Jahren nicht in einem Heim oder Internat aufwachsen.«

»Das Kind trägt die Stufen der Menschheit aus der Vergangenheit in sich und seine Entwicklung in der Zukunft, es schenkt uns einen Hauch von Ewigkeit und schreit nicht nur. Ich bin gerne bereit die Vaterrolle zu übernehmen.«

»Wenn Dir ein Kind so wichtig ist, nimm Dir eine Auszeit und betreue selbst die Nachkommen. Ich möchte irgendwann für die Leitung der Klinik verantwortlich sein und soll vom Professor einen Teil seiner Vorlesungen übernehmen, das stellt eine Herausforderung dar, die Vorbereitungen erfordert und ein volles Engagement. Ich hoffe später werden die Mutterinstinkte auch in mir geweckt, dann werde ich versuchen Deinen Wunsch zu erfüllen, jetzt ist nicht der richtige Zeitpunkt.«

»Für unsere Nachkommen bist Du unverzichtbar. Ich kann das Kind nicht an meiner Brust stillen, der Mann ist von der Natur schlecht ausgerüstet worden für diese Aufgabe.«

»Während der Auszeit erhältst Du einen Teil Deines Gehalts weiter, wir werden also nicht verhungern. Der alleinerziehende Mann wird durch dankbare Kinderaugen belohnt, und er trifft am Vormittag auf dem Spielplatz fast nur junge Frauen. Viele von ihnen werden auch nicht stillen, hier lässt es sich trefflich debattieren über Kindererziehung und Ernährung. Im Moment drängt es mich nicht in diese Debatten einzugreifen. Auch fürchte ich, meine Tochter könnte mir das antun, was ich als Kind meiner Mutter angetan habe.«

Hans war enttäuscht, dass sie die Kariere so stark den Vordergrund stellte und seinen Kinderwunsch wieder nach hinten schob. Seine gute Laune verflog wie Seifenblasen, die vom Wind getrieben werden und zerplatzen. Unmut und Zweifel bemächtigten sich seiner Sinne. Ungehalten erhob sich Hans von der Bank und trat wortlos den Rückweg an, ohne darauf zu achten, ob sie folgte. Später im Auto versuchte Renate vergeblich, seine Stimmung aufzuhellen. Als sie den Ort Beelitz durchfuhren, spöttelte sie: »In Berlin wird überwiegend Beelitzer Spargel angeboten. Die wenigen Spargelfelder hier ermöglichen nicht einmal die Deckung des Eigenbedarfs. Da erhebt sich die Frage, wo kommt der viele Beelitzer Spargel in Berlin her?«

Der Möchtegernvater spielte lustlos am Autoradio herum, um einem Gespräch mit ihr aus dem Weg zu gehen. Nach seiner Rückkehr verbarrikadierte er sich in seinem Arbeitszimmer und dachte über seinen in weite Ferne geschobenen Lebenstraum nach. Sich fortzupflanzen, mit seinen Kindern zusammenleben zu können, eine Familie zu bilden, das war sein Ziel, von dem er sich nicht verabschieden wollte. Nach dem heute geführten Gespräch, fiel es Hans wie Schuppen von den Augen, dass Renate dafür nicht die geeignete Partnerin war. Er mochte und begehrte sie, ja, er war glücklich während der gemeinsamen Zeit und verbannte jeden Gedanken an eine Trennung. Es war beruhigend sie an der Seite zu haben, und mit einem zuverlässigen Partner seine Sorgen teilen zu können. Aber sie verfolgte ihre Karriereziele hartnäckig, wie ein Jagdhund, der die Witterung von Wild aufgenommen hat.

»Könnte ein deutliches Bekenntnis zu ihr durch eine Heirat ihre Neigung zu Kindern erhöhen?«, überlegte er sich. In dem gemeinsamen Freundeskreis waren von zehn Ehepaaren vier geschieden, manche schon zum zweiten Mal. Der wirtschaftliche Niedergang und das menschlichen Elend, das er oft bei Scheidungen beobachtet hatte, ließen Zweifel aufkeimen. Wahrscheinlich wird sie eher abgeschreckt sein von dem Gedanken an eine Heirat.

Renate klopfte zaghaft an seine Zimmertür, und es entstand der Eindruck, sie wolle ein Friedensangebot überbringen. Er wusste, dass sie ein längeres Schweigen und ein Verharren im Groll noch weniger ertragen konnte als er, und er schätzte ihre Kompromisfähigkeit. Sie setzte sich still an seine Seite und wartete. Nach einer Weile nahm sie seine Hand: »Wenn Du keine Kinder gebären kannst, und ich keine Kinder kriegen will, dann könnten wir doch ein Kind adoptieren, das schon der pflegeintensiven Babyphase entwachsen ist!«

»Das mag für Paare, die keine Kinder bekommen können, ein sinnvoller Weg sein, meiner Lebensplanung entspricht ein adoptiertes Kind nicht. Die ersten Lebensjahre eines Menschen sind für die Entwicklung des Unterbewusstseins von großer Bedeutung. Ein Kind, das zur Adoption freigegeben wurde, hatte wahrscheinlich keine feste Bezugsperson und musste mit Heimen vorlieb nehmen. Das wird seine gesunde Entwicklung hemmen. Auch möchte ich Deine und meine Eigenschaften in unserem Nachfolger fortleben sehen, und nicht die von unbekannten Erzeugern, selbst wenn deren Gene vorteilhafter wären als unsere eignen.«

Renate nahm das Fotoalbum vom Regal und betrachtete das Bild ihres Großvaters:»Ich kann zwischen Opa und mir keine große Ähnlichkeit erkennen? Die Gene oder Erbanlagen werden oft überschätzt bei der Ausprägung des menschlichen Charakters. Viel wichtiger sollen Umwelteinflüsse und Erziehung sein. Bei einem adoptierten Kind könnten wir diese beiden wichtigen Faktoren für die Kindesentwicklung beeinflussen und so unsere Lebensweise fortleben lassen.«

Hans betrachtete auch das großväterliche Foto und suchte dann das von seinem Großvater heraus:»Hier erkenne ich schon eine gewisse Ähnlichkeit.«

»Vielleicht war mein Großvater nicht der leibliche Vater meiner Mutter, auch Großmütter sind Frauen, und wir Frauen haben unsere kleinen Geheimnisse!«

Hans schmunzelte und betrachtete ihren Scherz dankbar als einen Versuch die Dramatik dieses Themas zu entschärfen. Er schlenderte etwas entspannter im Zimmer auf und ab:»Glaubst Du, wir sollten heiraten? Ein Kind könnte es als Makel empfinden unehelich geboren zu sein, und wir würden einen festeren Bund eingehen und hätten auch steuerliche Vorteile.«

»Ich bevorzugte ein Zusammenleben, ohne die Fesseln einer Ehe. Auf diese Weise müssen beide Partner sich täglich um ein harmonisches Zusammenleben bemühen, denn der Andere könnte ja einfach abhauen. In einer Ehe sollte nur der Tod das Band der Liebenden trennen, dabei könnten die Bemühungen um Harmonie vorzeitig erschlaffen und einem Besitzdenken weichen. Schon in der Bezeichnung: mein Mann, liegt ein Recht auf den Anderen, der sich in einer Ehe auf Gedeih und Verderb ausgeliefert fühlen kann.«

Er setzte sich wieder zu ihr, betrachtete mit Wohlwollen ihr Gesicht, auf dem sich die ersten Falten zeigten: »Schau die Ehe Deiner Eltern an, sie wird von gegenseitiger Achtung und Wertschätzung getragen und beide wollen einander nicht missen. Dabei war der Anfang nicht leicht, denn sie haben unter dem Kalten Krieg gelitten. Deine Mutter hat die prägenden Jahre in der DDR verbracht und hatte einen gesunden Abstand zum Konsumstreben des Westens, der von den USA dominiert wurde, und sie hatte eine tiefe Abneigung gegen den tristen kommunistischen Alltag mit der ständigen Angst vor dem übermächtigen Staatsapparat und der Stasi.«

»Die Aufstellung der amerikanischen Pershing II Raketen mit Atomsprengköpfen auf dem Gebiet der Bundesrepublik Deutschland wurde gegen den Willen breiter Bevölkerungsteile durchgesetzt. Der NATO-Doppelbeschluss sollte zu einem *Gleichgewicht des Schreckens* führen, zu Lasten der deutschen Interessen. Es wurde jedem klar, wenn ein Dritter Weltkrieg ausbricht, dann wird er überwiegend auf deutschem Boden stattfinden, und die Heimat wird atomar verseucht und für lange Zeit unbewohnbar sein. Meine Eltern haben in Mutlangen an den Sitzblockaden teilgenommen und sich von der Polizei wegtragen lassen.«

»In der Regel brachen Kriege nicht aus, sie wurden inszeniert von Subjekten, die ein Interesse am Krieg hatten, davon profitierten und die Hoffnung hegten, siegreich sein zu können. Schon zu Zeiten der Ägypter wurden Kriege inszeniert, um das Reich zu erweitern, Ruhm und Reichtum zu erlangen, ungetreue Verbündete abzustrafen, aber auch um eine drohende Hungersnot und Unruhen im eigenen Land abzuwenden. Im Zeitalter der Computer und Roboter kann ein Krieg auch durch ein Versehen oder einen technischen Defekt ausgelöst werden, das macht mir Angst.«

»Mein Vater war damals nicht der Einzige, der mit dem Gedanken spielte, sich ein Hausboot zu organisieren und vor den Gewässern Australiens zu kreuzen, mit Frau und Kind. Dieses Vorhaben hat bei meiner Mutter wenig Begeisterung geweckt, zeigt jedoch, wie bedrohlich er die Lage eingeschätzt hatte, das geplante zweite Kind wurde nicht in Auftrag gegeben.«

Hans nestelte an ihrem Haar herum und hoffte weiterhin, dass er sie für seinen Kinderwunsch begeistern könnte: »Deine Eltern haben bewiesen, dass eine Ehe auch glücklich sein kann, ich habe nie einen ernsthaften Streit zwischen den Beiden erlebt. Sie sind stolz auf ihre Tochter und können sich ein Zusammenleben ohne Kind nicht vorstellen.«

Renate setzte sich auf die Schreibtischkante und entzog sich seinen Zärtlichkeiten: »Meine Mutter hatte vor ihrer Übersiedlung in den Westen angefangen Medizin zu studieren und hatte Schwierigkeiten hier ihre Semester anerkannt zu bekommen. Sie fügte sich murrend in ihr Schicksal und mein Vater übernahm fast autoritär eine Führungsrolle. Sie verhielt sich zustimmend, wie ein Mauerblümchen, und verlor mehr und mehr ihre eigene Persönlichkeit, dabei kann kein Streit entstehen. Es fehlte jedoch die eigene Entwicklung und ein partnerschaftlicher Meinungsaustausch. Die heutige Frau will, losgelöst von der Kinderfrage, eine solche Ehe nicht führen.«

»Du weißt, dass ich keine Führungsrolle in unserer Beziehung anstrebe und an einem partnerschaftlichen Meinungsaustausch interessiert bin. Jede Generation hat ihre Probleme. Es ist nicht ungewöhnlich, dass Kinder alles anders machen wollen als ihre Eltern. Ob sich dabei eine bessere Lösung finden lässt, bleibt abzuwarten.«

Renate hüpfte von Schreibtisch herab und strebte der Küche entgegen: »Deine Eltern wollen uns heute besuchen, wir sollten einige Vorbereitungen treffen. Du kannst den Wein öffnen und Gläser hinstellen, ich werde mich um Gebäck kümmern.«

Hans eilte ihr nach, entfachte ein Feuer im Kamin, öffnete die Rotweinflasche und stellte Sekt in den Kühlschrank. Dann holte er Gläser aus der Vitrine, polierte sie mit einem Geschirrhandtuch nach, da der Geschirrspüler gelegentlich Schlieren hinterließ. Sie legte eine neue Tischdecke auf, ordnete die Tischdekoration, stellte Schälchen mit Nüssen und Salzgebäck auf und steckte frische Kerzen in den Ständer. »Dein Hemd hat einen Fleck, Du solltest es wechseln.«

»Das habe ich wieder nicht bemerkt, gut dass ihr Frauen besser beobachten könnt. Du kannst Dir das geblümte Kleid anziehen, das mag mein Vater besonders.«

»Wenn Du mir einen Gefallen tun willst, dann plaudere nicht wieder stundenlang über Deinen Oldtimer.«

Pünktlich um 20 Uhr klingelte es, Ulrich überreichte einen Blumenstrauß und umarmte Renate. Er tat das so galant, dass der Eindruck entstand, er sähe in ihr nicht nur die Freundin seines Sohnes sondern auch eine anziehende Frau. Roswita nahm ihren Sohn in den Arm und überreichte einen selbstgebackenen Kuchen: »Du siehst bedrückt aus, mein Junge!«

Nach der Begrüßungszeremonie und dem neuesten Bericht zu Roswitas schmerzendem Knie wollte der Senior wissen: »Was macht Dein Borgward?«

Hans begann begeistert zu berichten: »Der macht mir viel Freude, ich habe die Ledersitze gefettet und die Zündkerzen gewechselt, der läuft wie ein Uhrwerk…«, mitten im Redefluss traf ihn Renates strafender Blick, »…wie macht sich Silvano in der Schule?«

»Dein Neffe Silvano hat keine schulischen Probleme, nur ist er stinksauer, weil seine Eltern sich weigern ihm ein Smartphone zu kaufen, und auf diese Weise wird schon ein Achtjähriger zum

Wutbürger. Er hat die Konversation mit seinen Eltern auf ein Minimum reduziert und schließt sich in sein Zimmer ein.«

Renate wusste, dass die Eltern von Hans Nachwuchs lebhaft begrüßen würden und griff dieses Thema dankbar auf, um ihr Zögern bei der eigenen Familienplanung verständlicher zu machen:»Die junge Generation bezieht ihre Informationen und Vorbilder ungefiltert aus dem Internet. Nicht nur die elterlichen Geschichten vom Weihnachtsmann verhallen ungeglaubt, die Eltern haben wenig Möglichkeiten Einfluss auf ihre Kinder zu nehmen, sie werden als Geldbeschaffer und Tröster in Notsituationen betrachtet, das macht Erziehung heute schwer.«

Hans hielt sich bewusst zurück und schenkte still Wein ein, sein Vater lobte den Wein und erzählte:»Noch bei meinen Eltern hatten die Kinder mit gesenktem Blick am Tisch zu sitzen und durften nur reden, wenn sie angesprochen wurden. Wer nicht spurte, hatte sich auch einmal eine Ohrfeige eingehandelt. Mit der Revolte der Studenten 1968 gegen die etablierte Gesellschaft haben sich die Ansichten über Erziehung dramatisch geändert, die antiautoritäre Erziehung war angesagt. Ich war nie ein Freund dieser Methode, die zur Zügellosigkeit und Orientierungslosigkeit führte.«

Diese Betrachtung wollte Roswita nicht akzeptieren, und es drängte sie, ihren Standpunkt dazulegen:»Die Prügelstrafe früherer Generationen hat Kindern Schaden zugefügt und obrigkeitshörige Duckmäuser hervorgebracht. Hans wurde repressionsarm erzogen, nicht antiautoritär! Wir haben unseren Kindern deutliche Grenzen gesetzt.«

»Beispielsweise liebte es Hans andere an den Haaren zu ziehen und ich habe ihm erklärt, dass Haare ziehen anderen wehtut. Er zog umso intensiver an meinen Haaren, daher habe ich genauso kräftig an seinen Schopf gezogen. Dann fing er an zu heulen, aber Haare ziepen hat er künftig unterlassen. Auch das Entfallen der gewohnten Gutenachtgeschichte und das Kürzen des Taschengeldes waren erprobte pädagogische Maßnahmen.«

Hans schmunzelte: »Gelegentlich war mein Taschengeld schon bis zu Jahresende verwirkt, und ich hatte den Eindruck, diese Maßnahme sei deshalb beliebt, weil sie für die Eltern eine Einsparung bedeutete.«

»Mein lieber Hans, Du warst ein sonniges und kreatives Kind und hast uns viel Freude geschenkt, aber Dein Hang zum Extravaganten hat Deine Erziehung erschwert.«

»Dieser Hang zum Extravaganten ist ihm bis heute erhalten geblieben, wie der Kauf des Oldtimers zeigt«, ergänzte Renate und analysiere nachdenklich: »Ich fühle mich heute ähnlich bedroht, wie Ihr damals während des kalten Krieges. Das Nord-Süd Wohlstandsgefälle veranlasst Flüchtlinge in Europa einzufallen, die europäische Integration ist ins Stocken geraten, für den Euro und das Weltwährungssystem tun sich unkontrollierbare Abgründe auf, die mit den Maßnahmen der Europäischen Zentralbank nicht gelöst werden, die Einkommensverteilung driftet auseinander, bewirkt Armut in breiten Bevölkerungsschichten und gefährdet den inneren Frieden. Ich denke ein Zusammenbruch wird nicht aufzuhalten sein, und mir fehlt der Mut jetzt ein Kind in die Welt zu setzen, losgelöst von Erziehungsproblemen und meinen Karriereplänen.«

Ulrich schwenkte gedankenverloren sein Weinglas: »Ich würde gerne ein Enkelchen auf den Knien schaukeln und Betreuungsaufgaben übernehmen, aber die Entscheidung darüber müsst Ihr treffen, wir halten uns da zurück. Jede Zeit hat ihre Probleme, die Du unterschiedlich gewichten kannst. Fest steht, dass wir uns eines nie dagewesenen Wohlstands und eines über siebzig Jahre andauernden Friedens erfreuen können, unsere Klagen werden auf hohem Niveau geführt. Unsere Väter wurden mit zwei Kriegen abgestraft und haben trotzdem den Auftrag der Schöpfung erfüllt und Nachwuchs in die Welt gesetzt.«

»Kinderkriegen ist nach wie vor Frauensache«, schaltete sich Roswita ein, »und es bleibt ein schmerzbereitendes Ereignis, das glücklicherweise bald vom Mutterglück überstrahlt wird. Ich habe mich auf die Familie und die damit verbundene Mutterrolle gefreut und habe meine berufliche Karriere ohne Wehmut aufgegeben.«

Hans verteilte Gebäck nach und steckte sich ein Kissen unter seinen Pullover: »Du warst uns eine vorbildliche Mutter, die selbstlos für uns da war, ohne uns zu dominieren oder zu Hampelmännern zu machen. Ich habe Renate angeboten dieses schmerzbereitende Ereignis zu übernehmen, aber sie will ihre Gebärmutter nicht herausrücken, Tücke der Natur, das männliche Becken sei zu eng.«

»Lass doch den Unfug Hans, Du bist wie Dein Vater! Für mich war die Entscheidung zugunsten einer Mutterrolle vorprogrammiert, Ulrich und ich wollten von Anbeginn Kinder haben. Meine berufliche Karriere als Krankenschwester war ohnehin nicht besonders verlockend und trotzdem gab es Zeiten, in denen ich mich nach einer beruflichen Tätigkeit gesehnt habe und nach finanzieller Unabhängigkeit. Bei Renate liegen die Dinge anders und ich habe Verständnis für ihr Zögern.«

»Wenn man in meinem Alter ist«, bemerkte Ulrich beim Abschied, »dann darf man auch Rückschau halten. Wir alle ertragen den Gedanken nicht uns als einfache Herdentiere zu begreifen. Jeder fühlt sich gedrängt etwas Herausragendes zu erreichen, wenn schon nicht als Nobelpreisträger, dann doch wenigstens als Gangsterboss oder rücksichtsloser Manager. Zu Helden hochstilisierte Fußballer, Tennisprofis oder Schauspieler werden uns als Vorbilder vorgegaukelt. Die Wahrheit ist viel simpler, wir werden geboren, wachsen auf, erfahren eine Ausbildung, verdienen Geld, pflanzen uns fort und sterben langsam wieder ab. Dabei ist nichts Großartiges zu erkennen, der Nobelpreis bleibt in weiter Ferne! Wer diese simple Wahrheit erkennt und das ohne Groll ertragen kann, der ist für mich ein wahrer Held und Ihr könntet es auch werden.«

Otto und Carola

Durch das gekippte Fenster waren Kirchenglocken und Vogelgezwitscher zu hören, die Sonne schickte die ersten wärmenden Strahlen des Frühlings. Carola hatte sich ihren Morgenmantel übergeworfen und bereitete mit Hingabe das Frühstück vor. Sie hatte das Anwesen in Dahlem von ihren Eltern geschenkt bekommen und legte auf Tradition wert. Es wurden das Hutschen Reuther Geschirr, das Silberbesteck und die Damast Servietten aus der Vitrine geholt, und die beflissene Hausfrau stellte Honig und Butter auf den Tisch. In der Küche bereitete sie den Kaffee und das Frühstücksei vor und legte Wurst, Schinken, Lachs und Käse auf Silberplatten. Ottos Bioei musste genau sechs Minuten im kochenden Wasser liegen, wenn es aus dem Kühlschrank kam, fünfeinhalb Minuten, wenn es Raumtemperatur hatte, viereinhalb Minuten, wenn es klein war, bei Hochdruckwetter fünfzehn Sekunden länger. Danach musste es abgeschreckt werden, darauf legte er großen Wert, genau wie auf seine vorgewärmte Kaffeetasse, denn er wollte seinen Kaffee heiß trinken.

Der Ehemann hatte sich aus dem Bett erhoben, man konnte gurgelnde und plätschernde Geräusche aus dem Bad vernehmen. Schließlich holte Carola die Sonntagszeitung aus dem Briefkasten, zündete die Kerzen an, legte eine Schallplatte mit Barockmusik auf und setzte sich an den Tisch, um auf ihn zu warten, wie eine Lokomotive auf ihren Zugführer. Ihr Haar glänzte, sie hatte Makeup und eine dezente Lippenfarbe aufgelegt. Als er endlich im Morgenmantel aus dem Bad kam, wurde ein flüchtiger Stirnkuss verabreicht, der nach Rasierwasser roch, und es erfolgte sein Griff nach der Zeitung. Der Frischrasierte schenkte Kaffee ein und blickte sich suchend um: »Hast Du mein Steevia vergessen?«

Sie eilte in die Küche: »Bitte entschuldige.« Er war zu der Überzeugung gelangt, dass Rübenzucker nicht nur kalorienhaltig, sondern auch schädlich für den Körper sei, er mied Marmelade und benutzte nur Steevia und Honig zum Süßen. Diese Überzeugung pflegte er seinen Zuhörern mit ausführlichen Begründungen und beeindruckenden Zahlenbeispielen darzulegen, und sie war froh, dass ihr heute diese Prozedur erspart blieb. Ihrer schlanken Figur zuliebe, verzichtete sie auf Zucker, Ei und Schinken und war daher mit dem Frühstücken schnell fertig. Während er die Zeitung überflog, schenkte sie ihm Kaffee aus einer Thermokanne nach, denn er liebte heißen Kaffee, dabei spritzten einige Tropfen auf die Untertasse. Sofort eilte sie in die Küche und holte ein Tuch um die Untertasse mit Sorgfalt zu trocknen.

»Die Nachbarn wollen den Gartenzaun streichen, ich fürchte, dass dabei unsere Hecke beschädigt wird«, begann sie vorsichtig eine Konversation, »was hast Du in den vergangenen Tagen im Büro erlebt, konntet Ihr den Philippinenauftrag an Land ziehen?«

Er klappte die Zeitung zusammen und angelte sich ein Croissant: »Der Auftrag ist noch nicht in trockenen Tüchern, aber wir haben gute Chancen. Vielleicht muss ich noch einmal nach Manila fliegen.«

»Wie geht es Deiner erkrankten Sekretärin, kommst Du ohne sie zurecht?« Sie sah ihn aufmerksam an, um zu prüfen, ob bei dieser Frage ein verräterisches Zucken über sein Gesicht huschen würde.

»Deine Eifersucht auf dem Faschingsfest habe ich als völlig ungerechtfertigt und peinlich empfunden. Bitte nimm zur Kenntnis, dass ich Renate als erotisierende Frau nicht wahrnehme, das beruht auf Gegenseitigkeit, genauso wenig wie meine Sekretärin, die seit einem Jahr Großmutter ist. Es ist unserer

Beziehung nicht dienlich, wenn Du hinter jedem weiblichen Wesen eine Konkurrentin vermutest, die sich Deinen Mann angeln will.«

»Glaube nur nicht, dass Sexwünsche im Freundeskreis tabu sind, es würden mich viele Männer, auch Dein Freund Hans, zu einem diskreten Dinner einladen mit anschließendem Haschmich, ich müsste nur mit dem Finger schnippen.«

»Wie komfortabel für die Frauen! Die Schöpfung hat uns Männer so geschaffen, sexsüchtig bis zur Lächerlichkeit oder Selbstzerstörung. Erwartest Du, dass ich zu Kreuze krieche, nur um Dein Fingerschnippen zu verhindern?«

Otto öffnete mit einem kräftigen Messerschlag sein Ei, streute Salz und Pfeffer darauf, legte seine Serviette in den Morgenmantelausschnitt und begann zu löffeln. Etwas Eigelb tropfte genau neben die Serviette auf den Mantel. Beflissen holte sie ein feuchtes Tuch und entfernte den Fleck.

»Mich interessieren Haschmichspiele nicht. Du sollst der Mittelpunkt in meinem Leben bleiben, ich möchte mich an Deine Schulter anlehnen, ich brauche Dich, wie eine Blume die Sonne braucht, wenn sie erblühen will. Was mir fehlt, ergänzt Du mit deiner Bildung und Klugheit auf wunderbare Weise. Einfacher ausgedrückt, jeder Topf braucht seinen Deckel.«

»Ich begehre Dich. Deine Liebe hat etwas Beglückendes, aber auch etwas Erdrückendes, ich fühle mich belauert und eingesperrt, wie eine Martinsgans im November, die sich vor dem Weihnachtsfest fürchtet.«

Carola schüttelte trotzig den Kopf und sprang auf: »Ich bin die Martinsgans, die den ganzen Tag im Haus hockt, ausgehungert ist nach Neuigkeiten und nach Kontakten lechzt. Du reist in der Welt herum und niemand weiß, was mein hübscher Gockel auswärts treibt.«

»Beruhige Dich, Dein Gockel arbeitet und verdient Geld, auch damit wir etwas zum Ausgeben haben. Abends ist dieser krähende Hahn so erschöpft, dass er als Gockel eine traurige Figur abgeben würde.«

Nach einer Pause berichtete er: »Renate und Hans haben uns zu einem Wellness Wochenende nach Quedlinburg eingeladen. Was hältst Du davon?«

»Das ist eine tolle Idee, ich sehe die beiden gern, trotz der akademischen Arroganz von Renate. Dafür fühle ich mich neben ihr wie eine Rose, die besonders zur Geltung kommt, wenn sie von Stiefmütterchen umgeben wird. Quedlinburg steht ganz oben auf meiner Liste der Wochenendfahrten.«

»Ich fürchte, er will uns seinen blöden Oldtimer vorstellen und verspüre wenig Lust, mich drei Stunden auf die Rückbank eines Cabriolets zu klemmen.«

Sie ging zu ihrem Schreibtisch und holte ein Prospekt hervor: »Schau wie gut dieses mittelalterliche Städtchen erhalten ist, und Wellness wird uns beide entspannen. Ich muss wegen meiner Fingernägel ohnehin in ein Nagelstudio, das lässt sich geschickt einbinden. Um die Unannehmlichkeiten der engen Rückbank zu mildern, könnten wir auf dem Kastanienhof einen Zwischenstopp einlegen, Dein Onkel Kurt wäre hocherfreut uns wieder einmal zu sehen.«

»Gut, wenn es Dir Freude macht, dann sage ich zu, ich sehe Hans morgen auf dem Tennisplatz. Heute ist ein warmer, sonniger Tag, wollen wir die diesjährige Bootssaison eröffnen? Die Werft hat schon vor Wochen die Einsatzbereitschaft unserer Rubin bestätigt.«

Carola räumte das Frühstücksgeschirr ab und begann mit den Vorbereitungen für eine Bootsfahrt: »Ich nehme Handtücher und frisches Bettzeug mit, kümmere Du Dich um die Getränke und das Sonnensegel.«

Das Motorboot Rubin war mit Küche, Toilette und einer Schlafkoje ausgerüstet und hatte einen Liegeplatz am Wannsee. Über einen langen Steg gelangten beide zum Boot, schlossen die im Steg verlegten Strom- und Trinkwasserleitungen an, entfernten die Persenning und begannen mit dem Einräumen und der Reinigung des Boots. Otto überprüfte die technischen Geräte und stellte fest, dass Echolot und Navigationsgerät defekt waren. Es war geplant, die Pfaueninsel zu umrunden und dort vor Anker zu gehen: »Wir sollten dann weiter zur Werft nach Potsdam fahren und das Navi reparieren lassen.«

Am Wannsee und entlang der Havel glitt das Boot vorbei an unzähligen Villen mit Grundstücken, die direkt am Wasser gelegen waren und über einen eigenen Steg und ein Bootshaus verfügten. Den Parkanlagen konnte man ansehen, dass sie von einem Gärtner gepflegt werden und oft nur an den Wochenenden genutzt wurden. Hier war kein Platz für Sozialhilfeempfänger. Diese Seite von Berlin machte den Eindruck, dass sich hier eine Anzahl von Nutznießern der Marktwirtschaft niedergelassen hatte, die über einen, wie auch immer erworbenen, hohen Reichtum verfügten, der unangemessen erschien. Auf der anderen Seite von Berlin herrschten Wohnungsnot und soziale Spannungen und die Kassen der Stadt waren leer. In manchen Straßen Berlins ist die Fratze der Not nicht zu übersehen und zeugt von dem Ungleichgewicht, das nach Umverteilung schreit.

»Dort ist das Anwesen vom Springer, da das vom Konsul von Lichtenstein, so ein Grundstück hätte ich auch gerne«, schwärmte Otto andächtig, als hätte er einen Heiligen bei seinem Namen genannt, »den Tüchtigen und Erfolgreichen gehört die Welt, die Versager beantragen Sozialhilfe.«

»Meine Friseurin ist fleißig, dabei muss sie den ganzen Tag stehen, arbeitet auch samstags und verdient neunhundert Euro im Monat, das reicht nicht einmal für eine Tankfüllung für unser

Boot. Sie ist nicht in der Lage, die Klassenreise für ihren Sohn zu zahlen, daher kann er nicht mitfahren. Wir sollten eine Spende an die Schule machen für bedürftige Kinder, das könnten wir doch von der Steuer absetzen.«

»Wir spenden an die FDP, die vertreten unsere Interessen, nicht die Schule. Das Zahlen von Steuern versuchen wir zu vermeiden.«

»Meine Friseurin behauptet, dass sie Lohnsteuer zahlen muss für Trinkgelder, die sie gar nicht erhalten hat, das Finanzamt schätzt einfach die Höhe des Trinkgeldes.«

»Es gibt Menschen, die bewegen etwas und setzen sich durch, andere lassen sich alles gefallen und schmollen. Die Friseure sollten jedem Politiker eine Glatze schneiden, dann würde man sich mit ihrem Einkommensproblem beschäftigen.«

Ein Frachtschiff kam ihnen entgegen, und Otto änderte seinen Kurs. Carola fragte mit spöttischer Miene: »Warum lässt Du Dir das gefallen, weichst Du nur aus, weil der Frachter stärker ist?«

»Ich weiche nur, wenn es sein muss, das zeichnet den Macher aus, der etwas gegen Widerstände durchsetzen will. Unser Staat benötigt mehr Macher und weniger Schmoller, dann könnte der aufgeblähte Sozialetat heruntergefahren werden.«

»Bewegt sich eine Galeere noch, wenn die Besatzung nur aus Aufsehern besteht, ohne Rudersklaven?«

Otto schlug heftig mit der Hand auf das Armaturenbrett, und das Boot machte einen nicht geplanten Schwenker, als würde es auch seinen Protest kundtun wollen: »Dein Beispiel ist unzutreffend, die Sklaverei ist lange abgeschafft. Zeitgemäßer erscheint mir der Vergleich zu einem Verkehrsflugzeug. Der Pilot hat eine teure Ausbildung und die Fähigkeit, das Flugzeug zu lenken, die Passagiere schnallen sich brav an und hoffen, dass er seine Aufgabe beherrscht und sie heil ankommen. Ohne den Piloten lässt sich das Ziel nicht erreichen, daher ist es gerechtfertigt, wenn er mehr verdient.«

»Ich freue mich über unser gutes Einkommen und bedaure, dass meine Friseurin, die ich gerne mag, bei allem Fleiß kein Auskommen hat, und ich würde gern helfen.«

»Du kannst nicht das Elend in dieser Welt ändern. Wenn Du die Kosten für die Klassenfahrt übernehmen würdest, wäre es im nächsten Monat die Stromrechnung. Bei einem Streik der Lokomotivführer wackelt die Wirtschaft, und es wird schnell für Abhilfe gesorgt. Frisöre und andere Berufsgruppen haben keine Lobby, und wenn sie streiken, interessiert das keinen. Sie müssten ihre Interessen in einer Marktwirtschaft anders durchsetzen. Ich freue mich, wenn ich für meinen Haarschnitt wenig Geld ausgeben muss und habe kein Interesse, das zu ändern, das müssen diese maulenden Randgruppen selber tun.«

Der vollmundige Spätkapitalist ertappte sich wieder einmal dabei, in Diskussionen mit seiner Frau, extreme Positionen zu beziehen, um Widerspruch zu provozieren und dann dozieren zu können. Von dieser Angewohnheit hatte er sich auch auf der verunglückten Faschingsparty leiten lassen, und er war unzufrieden, dass er sich nicht besser im Griff hatte.

Als die Pfaueninsel erreicht war, warf er den Anker und Carola bereitete unter dem frischgewaschenen Sonnensegel eine Stärkung auf Deck vor. Es war schon angenehm warm, und die Sonnenstrahlen wurden tausendfach von den kleinen Wellen auf dem Wasser reflektiert, die wie Diamanten funkelten. Das Boot schaukelte sanft auf den Wellen, wie die Wiege eines Kindes, die von der Mutter bewegt wird. Carola hatte Sekt serviert, der dazu beitrug, dass ihre Zunge gelöster wurde, und sie verkündete laut: »Ich wünsche mir ein Kind von Dir!« Es trat eine Pause ein: »Ich möchte unsere Eigenschaften in diesem kleinen Lebewesen fortleben sehen und sehne mich danach, es lieb zu haben und es aufwachsen zu sehen.«

»Zum Liebhaben hast Du doch mich! Du weißt, ein Baby schreit und muss ständig gefüttert, gewickelt und beaufsichtigt werden. Freizeitaktivitäten wird es dann nur noch in Deiner Erinnerung geben.«

»Du hast Deinen Beruf und eine Aufgabe. Ich hocke den lieben langen Tag im Haus, bin ausgehungert nach Neuigkeiten und fühle mich nicht ausgelastet, da hilft auch kein Einkaufsbummel.«

»Deshalb muss man sich nicht gleich ein Kind zulegen. Suche eine Tätigkeit, die Dir Spaß macht. Im Tennisclub suchen wir dringend jemanden, der die Kasse verwaltet und die Feste organisiert, dafür wird eine Vergütung bezahlt. Das Baby fordert nur und zahlt nichts.«

Carola nahm einen tiefen Schluck Sekt, als wollte sie sich Mut antrinken und strich gedankenversunken über sein Knie: »Das kommt mir genauso hohl vor, wie ein Einkaufsbummel. Ich möchte das Gefühl haben, gebraucht zu werden und etwas Sinnvolles und Nachhaltiges zu tun.« Sie schmunzelte und bemerkte verschmitzt: »Das Kind wird schnell grösser, sein Schreien geht in Gesang über, es freut sich auf die Rückkehr seines Vaters, belohnt uns mit einem zufriedenen Lächeln und macht seinen Eltern viel Freude.«

»Ich fürchte, es steht am Sonntag früh um sechs Uhr am elterlichen Bett und verkündet vergnügt, hallo, hier bin ich, habe ausgeslafen, hallo, piel mit mir, und um Dich wach zu kriegen, setzt es sich mit seinem nackten Popo auf Dein Gesicht.«

»Das wäre doch putzig, wir schlafen ohnehin zu lange! Das Kind wird uns an jedem Tag mit seinen Entwicklungsfortschritten erfreuen und gibt uns Gelegenheit, die Wurzeln der Menschheit zu begreifen, unsere eigene Entwicklung nachzuvollziehen

44

und kann die Erklärung für das eigene Verhalten veranschaulichen. Macht Dich das nicht neugierig?«

Otto versuchte, das Navigationsgerät auszubauen und entglitt dabei ihrer streichelnden Hand: »Meine Neugier beschränkt sich zunächst darauf, festzustellen, warum das blöde Navi schon wieder ausgefallen ist. Geschäfte machen meine vielen Reisen erforderlich, auch bin ich in der Vaterrolle eine Fehlbesetzung. Kinder könnten sich später einmal rächen und würden mir mit Eifer meine Fehler aufs Butterbrot schmieren.«

Carola schmerzte es, feststellten zu müssen, wie wenig Begeisterung ihr Kinderwunsch bei ihrem Ehepartner auslöste, und sie suchte verbissen nach weiteren Argumenten, um ihm ihren Herzenswunsch schmackhaft zu machen. Sie bereitete ein Lachsbrötchen vor, das er besonders gerne zu sich nahm: »Kinder fühlen sich ihren Eltern verbunden und haben nicht den Wunsch sich zu rächen, im Gegenteil, sie unterstützen ihre Eltern, wenn sie einmal alt sind.«

»Da vertraue ich mehr auf meine Pflegeversicherung und die professionelle Altersbetreuung, dann muss ich mich auch nicht bei den lieben Kinderchen bedanken.« Er biss herzhaft in das Lachsbrötchen, um zu unterstreichen, welchen hohen Stellenwert seine Genussfreude hatte.

Sie war über seine kompromisslose Zurückweisung enttäuscht, sie wandte sich ab als eine Träne über ihre erhitzte Wange rollte, verfütterte mit heftigen Armbewegungen ihr Brötchen an die Schwäne und wartete vergeblich auf ein vermittelndes Wort von ihm. Nach einer Weile des bedrückenden Schweigens fragte sie kleinlaut: »Du glaubst nicht an ein ewiges Leben, aber der Gedanke an die Ewigkeit hat Dich oft beschäftigt. Könnte ein Nachfolger, der Deine Eigenschaften weiterträgt, einen Hauch von Ewigkeit in Dir aufblühen lassen?«

Er griff nach einer Zange und steckte den Kopf unter das Armaturenbrett, um das Navigationsgerät zu lösen. Seine Antwort hallte wie der Ruf aus einer Höhle im Jenseits:»Ich bin über viele meiner Eigenschaften unglücklich und habe mit Eifer, aber vergeblich, versucht, sie zu ändern. Der Gedanke an ein Fortleben dieser traurigen Merkmale in meinen Kindern lässt mich erschauern und ist wenig geeignet, bei mir Begeisterung auszulösen. Stell Dir das vor, wie die Aufforderung zu einem Sambatanz auf den Hörnern des Teufels.«

Carola wusch die Teller ab und wartete bis er aus seiner Höhle herausgekrabbelt kam, dabei wuchs ihre Entrüstung von Minute zu Minute und schlug in Zorn um. Die Teller polterten, die Gläser klirrten bedrohlich, das Besteck flog krachend in die Schublade und ihre Stimme wurde schneidend:»Dann tanze doch Samba auf den Hörnern des Teufels, wenn Du Dich traust, Du Feigling, vielleicht gelingt es Dir, auf diese Weise endlich Deine schlechten Eigensaften loszuwerden und Du läufst nicht mehr Gefahr, sie an Deine Nachfolger weiterzugeben.«

Wutausbrüche waren bei ihr selten, Otto war überrascht und wurde nachdenklich, und er schlug moderatere Töne an:»Ich kann Deinen Kinderwunsch nachvollziehen und gebe zu bedenken, dass die Weltbevölkerung rasant wächst, sie ist inzwischen auf über sieben Milliarden angewachsen. Wenn dieser Trend anhält, wird es bald nur noch Stehplätze auf unserer Erde geben. Willst Du diesen unseligen Trend noch mit einem eigenen Beitrag unterstützen?«

Seine belehrende aber nicht zielführende Antwort steigerte ihre Gereiztheit:»Aus Bequemlichkeit überlässt Du mir allein die Verantwortung ein Bevölkerungswachstum zu verhindern, gegen meinen erklärten Wunsch. Wenn es Dir ernst mit der Verhütung ist, dann tue selbst etwas und mache einen Knoten in deinen Samenspender!«

»Die Pille ist auch für Dich bequem, oder willst Du jedes Jahr mit einem dicken Bauch durch die Welt stolpern?«

»Die Pille ist für mich nicht bequem sondern lästig und schwindelverursachend. Ja, ich will einen dicken Bauch und möchte das Wunder der Schöpfung in mir entstehen fühlen, wie jede Frau. Was schert mich die Überbevölkerung in Afrika, wir leben in Deutschland und hier schrumpft die Einwohnerzahl, ich will mein Baby hier und jetzt. Du willst ficken und bist nicht bereit, die von der Schöpfung vorgesehenen Früchte zu ernten und Dich an ihnen zu erfreuen, Du Gockel mit einer Kükenallergie.«

»Es gibt Gründe für meine Kükenallergie. Du willst ein Baby bekommen, genauer gesagt, Du willst es besitzen. Manche Mütter suchen im Kind ein Opfer, an dem sie aufgestaute Mutterliebe ausleben können. Das arme Baby beginnt zu schreien, weil es sich nicht anders wehren kann. Ihr seid auf dem Küken hockende Hennen.«

Carola war zu der Überzeugung gelangt, dass diese Diskussion ihr nicht weiter half und diese harte Nuss so nicht zu knacken war. Sie beschloss, diesen Kampf mit anderen Mitteln fortzuführen. Sie musste sich selbst und ihm beweisen, dass sie in der Lage war, ihn auch nach ihrer Pfeife tanzen zu lassen und stellte kokett mit gespielt unschuldigem Gesicht die Frage: »Fühltest Du Dich als Kind in einer Opferrolle, wenn Du die Liebe deiner Mutter gespürt hast? Ist nicht allein die Liebe eine Himmelsmacht, die unser Leben lebenswert macht?«

Die erfahrene Ehefrau legte ihren Oberkörper flach auf den Tisch, spreizte leicht die Beine und wackelte verführerisch mit ihrem Hinterteil. Er sprang herbei, von einem naturgegebenen Trieb besessen, vergleichbar einem Bär, dem die Witterung von Honig unerwartet in die Nase steigt. Er zog ihr knappes Bikinihöschen zu den Kniekehlen herab und nahm sie mit ungestümen Stößen. Das Boot, die Natur, ihr perfekter Popo und ein Hauch von Abenteuer steigerten seine Geilheit, und er war nach kurzer Zeit erschöpft, während sie darauf wartete, wann es richtig losgeht. Carola wollte ihre Enttäuschung nicht verbergen, ihn von seinem hohen Ross herunterholen und abstrafen: »Na, konntest Du Deine Turnübungen abschließen?«

»Glücklicher Weise gab es Zeiten, in denen Du Dich mit großer Freude an diesen Turnübungen beteiligt hast.«

Sie zog ihr Höschen hoch, hängte sich ein Handtuch um und ließ sich auf die Bank fallen: »Die Freude blieb diesmal aus, weil der Vorturner grob und unbeherrscht war, ich fühle mich missbraucht, wie ein Pokal der mit Wasser gefüllt wurde statt mit prickelndem Wein.«

Der Vorturner wollte ein harmonisches Wochenende erleben und hielt es für angezeigt, seiner ungewöhnlich heftig reagierenden Frau, eine Brücke zu bauen: »Lass uns wenigstens einige Jahre des unbelasteten Eheglücks genießen, und danach entscheiden wir über die Kinderfrage.«

Otto mahnte zum Aufbruch, weil er dieser demütigenden Szene entfliehen wollte. Er musste ihr zu beweisen, dass er wenigstens als Skipper eine gute Figur abgeben konnte. Der Kapitän lichtete den Anker und leitete ein überschwängliches Seemanöver ein. Die Rubin bäumte sich unter der Kraft des Antriebs auf, dabei kam der Freizeitkapitän zu nah an das Ufer, der Bootspropeller hatte Grundberührung. Der Scheerstift brach ab, das Boot wurde antriebslos und manövrierunfähig.

Die stolze Jacht dümpelte auf den seichten Wellen, wie ein Bündel Stroh und trieb langsam auf die Pfaueninsel zu. Die Möwen zogen kichernd ihre Kreise über dem hilflosen Schiff und der übermütige Otto war gezwungen, erneut den Anker werfen. Er hatte zwar einen Ersatzstift an Bord, aber das Wasser war noch zu kalt, um einen Stiftwechsel am Propeller vornehmen zu können. Wutentbrannt kramte der unglückliche Seemann sein Handy heraus und wollte ein Abschleppboot herbeirufen, das teuer bezahlt werden musste. Carola vertraute auf ihre frauliche Ausstrahlung und strebte eine andere Lösung an. Sie hatte in einiger Entfernung ein Schlauchboot entdeckt, rief durch die hohle Hand: »Hallo«, und wedelte mit dem Paddel. In dem Schlauchboot saß ein älteres Paar, das den Notruf hörte und sofort Kurs auf die Rubin nahm. Mindestens einmal am Tag sollte man eine gute Tat zu vollbringen, dachten die beiden. Hier bot sich eine gute Gelegenheit und das beflügelte die heraneilenden Retter. Als das Schlauchboot beidrehte, begann Carola lebhaft das Problem zu beschreiben. Otto hielt sich im Hintergrund, der Gedanke sich von einem Schlauchboot abschleppen zu lassen, war ihm höchst unangenehm. Der Mann im Schlauchboot schien nicht nur ergriffen von dem Unglück, er war auch fasziniert von der Erzählerin und durchdrungen von dem Wunsch, ritterliche Hilfe zu leisten. Seine Frau hielt das für aussichtslos. Das schwach motorisierte Schlauchboot sollte einen Versuch unternehmen die Motorjacht abzuschleppen. Carola belegte die vordere Klampe mit einem Seil und warf es dem eifrigen Helfer zu. Eine Befestigung am Schlauchboot war nicht möglich, also überließ er das Steuer seiner Frau, stemmte sich mit den Füßen am Heckrand ab und rief ihr zu: »Langsame Fahrt voraus.« Der Motor drehte hoch, das Seil straffte sich, das Schlauchboot bäumte sich bedrohlich auf. Daraufhin verlagerte der eifrige Retter sein Gewicht weiter nach vorne und hielt mit aller Kraft das Seil. Im Zeitlupentempo setzte sich die Rubin in Bewegung und zuckelte, leicht schlingernd, mit der Strömung, dem ziehenden Boot hinterher bis zur Werft in Potsdam.

Mit stolz geschwellter Brust warf der kühne Ritter das Abschleppseil zurück und genoss Carolas bewundernden Blick.

Der Scheerstift sollte in der Werft ausgewechselt werden, und die Geretteten luden das ältere Ehepaar zum Essen in die Werftklause ein. Otto nahm sich vor, künftig alle Schlauchbootfahrer, die seinen Weg kreuzten, besonders freundlich zu grüßen, was er bisher nie getan hatte.

Die Werftklause war ein romantisch wirkendes Restaurant mit Seeblick, das mit großer Sorgfalt von einem Italiener geführt wurde. Kerzenschimmer, Tische, die mit Blattpflanzen voneinander getrennt waren, Stofftischdecken und Servietten, verzierte Polsterstühle und dezente italienische Musik verliehen dem Restaurant ein nobles Ambiente.

»Friedrich Meisenschwanz«, verkündete der Eingeladene seinen Namen, als sie an einem Tisch platznahmen. Er ergriff Carolas Hand und schüttelte sie heftig, »ich bin Hausmeister und immer zu Diensten. Meine Ehefrau heißt Hertha, sie arbeitet als Sprechstundenhilfe und ist nur vormittags zu Diensten, ha, ha, ha.« Bevor er sich setzte, ergriff er zögerlich auch die Hand von Otto, der Carola und sich selbst vorstellte. Carola nickte und schenkte ihm ein aufmunterndes Lächeln und genoss die Bewunderung, die Friedrich ihr unverblümt entgegenbrachte.

Der Ober verneigte sich und übergab vier Speisekarten: »Ich kann Ihnen heute Vitello Tonato empfehlen und als Vorspeise unser Carpaccio«. Er verneigte sich erneut und entfernte sich diskret vom Tisch, um vier Schälchen mit einer Aufmerksamkeit des Hauses zu servieren.

Hertha zog ihre Brille hervor, lehnte sich zurück, vertiefte sich in eine Speisekarte und stellte fest: »Ich kenne mich im Italienischen nicht aus, ich möchte heute Rindfleisch essen. Friedrich bestell Du für uns.«

Friedrich naschte von der Aufmerksamkeit des Hauses und bemerkte: »Das ist ja hier ein vornehmer Schuppen mit gepfefferten Preisen. Da bekommt man bei der Bestellung ein schlechtes Gewissen. Meine Frau wünscht Rindfleisch, da passt doch das empfohlene Carpaccio recht gut. Ich lese, dass es ein Rinderfilet ist, das nehmen wir beide.«

Der Ober wartete bis die Gäste die Speisekarten zur Seite gelegt hatten und kam erneut an den Tisch, um die Bestellung aufzunehmen. Er holte seinen Block hervor und beugte sich dem Tisch zu.

Friedrich gab als Erster seine Bestellung auf: »Bitte zweimal das Carpaccio, aber gut durchgebraten und dazu Pommesfrites!«

Der Ober räusperte sich diskret und bemerkte: »Ein Carpaccio ist nur als Vorspeise gedacht, ohne Beilagen, es wird nicht gebraten, sondern in dünnen Scheiben roh in eine Remoulade eingelegt.«

»Das ist nichts für meine Frau, dann nehmen wir zweimal das Beefsteak, das lässt sich doch gut durchbraten und zwei Biere.« Er lehnte sich erleichtert auf seinem Stuhl zurück, als sei ihm gerade eine schwere Last von den Schultern gefallen.

Nach der Bestellung der Speisen und Getränke entwickelte sich eine Diskussion über den Wassersport. Friedrich berichtete: »Ich habe meinen Bootsführerschein vor fünf Jahren gemacht, als wir uns das Boot zugelegt haben.«

Hertha korrigierte: »Wir haben uns das Boot nicht zugelegt, sondern unser Sohn Rudi hat es uns geschenkt. Du wärst sicherlich durch die Prüfung gefallen, wenn ich Dich nicht bei einem Repetitor angemeldet hätte.«

Otto wollte seinen Retter in Schutz nehmen und betonte: »Ich habe diese Prüfung schon vor fünfzehn Jahren gemacht, und damals mussten zwei Kandidaten die Prüfung wiederholen.«

»Der Repetitor hat mir die Knoten gezeigt, danach wurde in der Prüfung gefragt. Die Praxis muss man sich alleine aneignen, da hilft ein Lehrer wenig, und das klappt recht gut und macht viel Spaß.«

Hertha lachte laut auf und hob beide Hände in die Luft: »Ach, ja, das Gewitter im letzten Jahr hast Du wohl vergessen, als Du nicht in der Lage warst, den Motor zu starten, und wir klitschnass wurden, und ich gar nicht so schnell schöpfen konnte, wie Wasser in das Boot lief. Ich hatte Angst, dass wir untergehen, und dann hast Du auch noch die Persenning davonfliegen lassen.«

Der Ober brachte die Speisen und stellte eine Salatschüssel und vier Salatteller auf den Tisch. Hertha betrachte ihr Fleischstück und empfand es als ungewöhnlich klein. Sie schnitt es an und forderte ihren Mann auf zu reklamieren, dass es zu wenig durchgebraten sei. Friedrich hielt den Ober am Ärmel fest und bat ihn das Beefsteak zurückzunehmen, um es stärker durchzubraten. Dann nahm er zwei Löffel Salat auf seinen Teller.

»Wie Sie meinen«, bemerkte der Ober ungehalten und trug den Teller in die Küche zurück. Der Koch mit seiner hohen Mütze schritt majestätisch aus der Küche mit dem reklamierten Steak und erklärte Friedrich mit leichtem italienischen Akzent, dass dieses Steak nicht schärfer gebraten werden könne, ohne es zu ruinieren. Friedrich konnte überzeugt werden, seine Frau blieb ungehalten.

»Friedrich, Du weißt genau, wie gerne ich den Rucola im Salat mag und schon wieder nimmst Du Dir allen Rucola.« Hertha hackte bedrohlich mit der Gabel auf seinem Teller ein, um eine Umverteilung zu erzwingen.

Carola und Otto schauten sich schmunzelnd an und wunderten sich über das eingefahrene Verhaltensmuster dieser Ehe im fortgeschrittenen Stadium. Carola vermutete, dass der Sohn ein Einzelkind war, an dem seine Eltern hingen. Sie überlegte sich, dass

Hertha als Verbündete für ihre eigenen Argumente dienlich sein könnte: »War Ihr Rudi ein leicht zu erziehendes Kind?«

Friedrich antwortete ohne zu zögern: »Rudi hat sich gut entwickelt und uns wenig Probleme bereitet, er ist jetzt sechsundzwanzig Jahre alt und arbeitet bei einer Bank.«

Hertha erhob ihre Gabel und unterbrach das Einsammeln von Rucola Blättern: »Er hat sich nicht nur gut entwickelt! Rudi hat als Zweitbester seine Lehre als Bankkaufmann abgeschlossen und ist heute stellvertretender Filialleiter. Er war ein so gescheites und sonniges Kind, wir hatten viel Freude an ihm und vermissen ihn jetzt. Es ist eine Tragödie, Rudi wurde von der falschen Frau geheiratet. Er kann sich nicht wehren und ist diesem Luder verfallen, der Ärmste.«

Carola warf einen Seitenblick auf ihren Ehemann und fuhr in ihrer Befragung fort: »Hat Rudi nachts oft geschrien, hat er Sie am Sonntagmorgen immer frühzeitig aus dem Bett geholt und müssen Sie nach dem Abschluss der Ausbildung seinen Lebensunterhalt weiter finanzieren?«

»Nein, ganz im Gegenteil. Unser Kind hat meistens durchgeschlafen, wenn es sich müde getobt hatte. Hatte es einmal Beschwerden, dann habe ich es auf den Arm genommen und in den Schlaf gewiegt. Rudi hat nach dem Abschluss seiner Ausbildung keinen Cent von uns angenommen. Er wollte sich für seine sonnige Kindheit bedanken und hat uns das Schlauchboot geschenkt, der Gute.«

Friedrich schenkte sich beschwingt Bier nach, dabei lief der Schaum über den Glas Rand. Er zog erschrocken den Kopf ein und betupfte sofort mit seiner Serviette die feuchte Stelle auf der Tischdecke. Hertha blickte ihn streng und vorwurfsvoll an: »Kannst Du nicht wenigstens einmal essen, ohne Flecke zu machen, Du Fleckenfriedrich?«

Auch Otto suchte für seinen Standpunkt in der Kinderfrage eine Bestätigung bei den erfahrenen Eltern und fragte mit gespielter Anteilnahme: »Ist Rudi von allen Kinderkrankheiten verschont geblieben und hat er in der Trotzphase und in der Pubertät keine Probleme gemacht?«

Friedrich beeilte sich festzustellen: »Die Masern haben ihm sehr zu schaffen gemacht, wir hatten Angst unser Kind zu verlieren. In der Pubertät war er schwierig, nahm Drogen, hatte die falschen Freunde und ließ sich von seinen Eltern nichts sagen.«

Hertha fühlte sich erneut verpflichtet, ihren Mann zu korrigieren: »Du verstehst nicht viel von Kindererziehung, er ließ sich von *Dir* nichts sagen, *ich* hatte immer einen guten Zugang zu unserem Jungen. Von Drogen hat er gelegentlich genascht, wie die Anderen in dem Alter auch, um ihre Grenzen auszuloten.«

»Du zimmerst Dir eine heile Welt zurecht und willst manche Tatsachen nicht zur Kenntnis nehmen. Als er in der Pubertätsphase vier Wochen zu seinem Freund gezogen ist und Drogen genommen hatte, konntest Du ihn auch nicht bekehren, bei uns zu bleiben.« Friedrichs Stimme zitterte leicht weil die Erinnerung an diese Zeit ihn schmerzte, und er unsicher war, ob darüber gesprochen werden sollte.

»Mit Erziehung habe ich mich beschäftigt, *Du nicht*. Wenn Kinder über die Stränge schlagen, so kann das als eine ganz normale Entwicklung betrachtet werden und ist kein Grund zum Aufregen. Sie müssen sich von ihren Eltern abnabeln, um ihren eigenen Weg zu finden, auch wenn dieser uns nicht immer gefällt«, bemerkte Hertha, die nicht hinnehmen wollte, dass Friedrich es gewagt hatte, ihr zu widersprechen.

Carola war mit dem Erfolg ihrer Befragung nicht zufrieden und suchte nach einer abschließenden Bestätigung: »Hat das Kind Ihr Leben bereichert und würden Sie sich wieder für ein Kind entscheiden?«

»Rudi ist das Einzige, was meinem Mann in seinem Leben gut gelungen ist. Er ist unser Sonnenschein und hat unser Leben bereichert und mit einem höheren Sinn erfüllt. Wir können uns ein Leben ohne ihn nicht vorstellen.«

Carola blickte siegessicher ihren Babymuffel an und lehnte sich entspannt zurück. Der Ober kam zum Tisch und berichtete, dass sich die Werft gemeldet hatte und die Reparatur am Motorboot nun abgeschlossen sei. Otto kümmerte sich um die Bezahlung der Rechnung, und man verabschiedete sich mit Höflichkeitsfloskeln voneinander.

Auf der Heimfahrt verzichtete der Kapitän auf jedes schneidige Schiffsmanöver: »Meinst Du in zwanzig Jahren könnten wir auch ein so beknacktes Paar werden? -Nimm nicht meinen Rucola, -Du Fleckenfriedrich, der nichts zustande bringt! Bei solch einer Ehefrau kann sich ein Mann doch nur erschießen oder zur Fremdenlegion gehen!«

»Irgendetwas wird sie ihm bedeuten, sonst hätte er es nicht dreißig Jahre mit diesem rechthaberischen Drachen ausgehalten. Vielleicht ist sie seine Traumfrau, und er benötigt ihre Nähe, wie ein Durstender das Wasser nach einer Wüstendurchquerung. Ein liebender Partner ist in der Lage viel zu ertragen und zu verzeihen. Du kinderfeindlicher Macho weißt das aus eigner Eheerfahrung!«

Am nächsten Morgen fand Otto statt des gewohnten Frühstücks eine Notiz vor: »Ich benötige eine Auszeit und gehe ein paar Tage zu meinen Eltern.« Damit hatte er nicht gerechnet, und er war nicht glücklich über die eintretende Einsamkeit. Er fand keine Wurst im Kühlschrank, sein selbstgekochtes Frühstücksei war hart und der Kaffee dünn.

Carolas Eltern bewohnten ein großes Haus in Kleinmachnow, einem Vorort von Berlin. Ihr Vater Heinrich Eisenbart konnte sich im Ruhestand seines pflichtenfreien Lebens erfreuen. Er hing mit großer Hingabe an seiner Tochter, die er Prinzesschen nannte, und hätte liebend gerne Enkelkinder. Er hegte wenig Begeisterung für seinen Schwiegersohn und dessen Weigerung, Kinder in die Welt zu setzen, verstärkte seine Abneigung. Carolas Mutter Anne hingegen hatte ihre eigene Mutterrolle nur ungerne übernommen und zeigte Verständnis für die Haltung von Otto. Sie war der Überzeugung, dass ihre Berufung die Malerei sei, die Mutterpflichten waren ein Hindernis bei der Ausübung ihrer Berufung und der eigentliche Grund, warum ihre Vernissagen so wenig erfolgreich waren. Sie hätte lieber unter den Brücken von Paris oder in Künstlerkreisen in Südspanien ihren künstlerischen Eingebungen gehuldigt. Die Ehe mit Heinrich hat sie wegen ihrer katholischen Erziehung und der gemeinsamen Tochter aufrechterhalten. Die Empfänge, an denen sie, als Frau eines Staatssekretärs, teilnehmen musste, empfand sie als diplomatisch heuchlerische Veranstaltungen. Die Freunde und Kollegen ihres Mannes betrachtete sie als verlogene Schaumschläger und Kulturbanausen. Sie fühlte sich auf diesen Empfängen wie eine Provinzschauspielerin mit der Berufung zu Höherem.

Carola hatte unter mangelnder Mutterliebe gelitten und das Verhältnis zu ihrer Mutter war angespannt. Sie bemühte sich etwas Freundliches und Unverfängliches bei der Begrüßung zu sagen: »Mir gefällt Dein neues Kleid, es kleidet Dich und passt farblich gut zu Deinen Schuhen.«

»Mein liebes Kind, in meinem Alter kleidet man sich nicht, man bedeckt sich.«

»Ich finde, Du kannst Dich überall zeigen und hast Dich für Dein Alter gut gehalten.«

Anna rückte näher an Carola heran und legte ihr die Hand auf die Schulter: »Ich wäre Dir gern eine liebevollere Mutter gewesen, Du warst ein sonniges Kind, aber ich Pinselbesessene habe es nicht auf die Reihe gebracht. Du warst der Grund, ohne irgendein Verschulden von Deiner Seite, weshalb ich mein Studium abbrechen musste und gezwungen war, mit Deinem Vater zusammenzuleben, diesem aufgeblasenen Heinrich. Kannst Du das verstehen?«

»Hattet Ihr in jungen Jahren keine glückliche Zeit, bin ich ein Betriebsunfall?«

»Ich habe Heinrich angehimmelt, er sah gut aus, war lebenserfahren und charmant, ich wollte ihn unbedingt haben und habe ihn schließlich auch gekriegt. Du bist kein Unfall, mehr eine vorzeitig eingetroffene Kreation der Liebe und Lust. Bald habe ich erfahren müssen, dass verknallt sein und zusammen leben zwei völlig unterschiedliche Dinge sind. Für ein harmonisches, dauerhaftes Zusammenleben ist mehr als eine jugendliche Schwärmerei erforderlich. Es ist ein Unterschied, ob man eine Schiffsreise als Gast auf einem Kreuzfahrtschiff macht oder als Sklave auf einer Galeere. Seit Du aus dem Haus bist, gehen wir getrennte Wege und halten nur eine ausgeklügelte häusliche Gemeinschaft aufrecht.«

»Mir fielen die Markierungen im Flur und in der Küche auf, sind sie als Dekoration gedacht?«

»Wenn die Liebe gestorben ist, dann gestaltet sich das erzwungene Zusammenleben schwierig, man geht sich aus dem Weg. Ich bewohne das Obergeschoss, Dein Vater das Erdgeschoss. Für die Benutzung des Bades haben wir getrennte Zeiten festgelegt. Selbst wenn ich das Bad nach ihm benutze, finde ich dort die Spuren seiner Pedanterie, dann stellen sich meine Nackenhaare auf. Der Duschkopf muss immer nach Norden zeigen, und die Handtücher müssen einen rechten Winkel bilden. Für den Flur und die Küche wurde eine Waffenruhe vereinbart, die Markierung gilt als Grenze zwischen dem männlichen und dem weiblichen Territorium. In seltenen Fällen kommt es zu einer Begegnung im Treppenhaus. Ich wünschte, wir hätten eine geteilte Treppe, wie im Bruchsaler Barockschloss, wo der Eine heraufgehen kann und die Andere herabgehen kann, ohne eine Begegnung.«

»Gibt es zwischen Euch keine Gemeinsamkeiten mehr?«

»Da muss ich nachdenken. Ja, wir machen eine gemeinsame Steuererklärung.«

Carola war gekommen um sich den Rat einer erfahrenen Ehefrau zu der Krise in ihrer jungen Ehe zu holen. Dieses kalte nebeneinander her leben, dieses Aufbrausen bei nichtigen Anlässen und diese Abscheu vor jeder Begegnung, musste die Hölle auf Erden sein. Diese Hölle hatten sich die Eheleute selbst geschaffen durch ihr erzwungenes Zusammenleben: »Warum habt Ihr Euch nicht getrennt?«

»Was Gott zusammenfügt, soll der Mensch nicht trennen, so wurde es vereinbart vor unserer versammelten Gemeinde.«

»Warum glaubst Du, dass *Gott* Euch zusammengeführt hat? Wenn ich Eure Ehe betrachte, dann habe ich den Eindruck, *der Teufel* hat Euch zusammengeführt, und dann wäre eine Trennung sogar ratsam!«

»Heinrich ist kein schlechter Mensch und es steckt nichts Teuflisches in ihm. Nur ist er im Alltag schwer zu ertragen: Ich schlafe gern lange, er rumort schon um sechs Uhr morgens herum, ich brauche Gegenstände um mich herum, er liebt gatte Flächen und Bleistifte, die rechtwinklig zur Tischkante liegen, ich begeistere mich für Kunst, er für erbaut sich an Verwaltungsvorschriften, ich fahre gerne in den warmen Süden, er schwärmt für den frischen Wind der Nordsee. Du siehst, die Basis für ein Zusammenleben ist schmal geworden. Das Schlimmste ist jedoch seine Heuchelei, die er Diplomatie nennt, und seine Pedanterie, die er Ordnungsliebe nennt, und die daraus wachsende Kleinkariertheit im Kopf. Alles Geniale hält weiten Abstand zu ihm. Ich bekenne mich zum katholischen Glauben, und diese Lehre sieht in der Trennung eine Todsünde.«

»Ihr habt Euch einmal geliebt, da muss es einen Weg für ein erträgliches Zusammenleben geben. Für einen Diplomaten ist Höflichkeit das Handwerkszeug, warum empfindest Du das als Heuchelei?«

»Auch da kann man übertreiben, und Dein Vater ist ein Meister in dieser Disziplin. Wenn er die Ziege begrüßt, die er nicht leiden kann, dann flötet er: Ach, wie entzückend, der Herr Konsul wird heute von seiner bezaubernden Gattin begleitet.«

»Ich befürchte, dass mich Otto betrügen könnte, und die Vorstellung ihn in den Armen einer anderen zu sehen, raubt mir den Verstand.«

»Aber Kindchen, wenn Dir diese männlichen Spielchen den Verstand rauben, wird er Dir bei wichtigen Vorgängen fehlen. Eure Generation ist in der Sexualität intolerant und verklemmt geworden, wir waren geprägt durch die sexuelle Befreiung der Frau und waren weniger prüde. Ich habe den Eindruck das Pendel schlägt zurück, bei uns wurde die Sexualität übertrieben, bei Euch die Treue.«

»Ich möchte Papa begrüßen, und da Ihr nicht gemeinsam anzutreffen seid, muss ich in den männlichen Teil des Hauses überwechseln.«

Heinrich begrüßte seine Tochter überschwänglich, nahm sie in den Arm und drehte sie im Kreis: »Hallo mein Prinzesschen, wie schön Dich zu sehen! Wie geht es Dir, Du siehst bedrückt aus, fehlt Dir etwas?«

»Mir geht es gut Papa, und ich freue mich, Dich so munter anzutreffen. Mir fehlen Kinder, und Otto will jetzt keine Kinder, darüber bin ich enttäuscht!«

»Ach, Prinzesschen, Du bist die Krönung einer leidenschaftlichen Verbindung, wie habe ich damals Deine Mutter begehrt! Du bist das Beste, das mir je im Leben geglückt ist, aber geplant warst Du zu diesem Zeitpunkt nicht.«

»Mutter sagt, dass sie nur meinetwegen mit Dir zusammen geblieben ist, und wenn ich Euch heute so schmerzlich distanziert erlebe, habe ich ein schlechtes Gewissen.«

»Das solltest Du nicht haben. Alleine leben kann sie auch nicht, sie braucht jemanden, über den sie sich aufregen kann. Ihre religiöse Hinwendung, im fortgeschrittenen Alter, ist eine Flucht und nicht der Grund für ihre Ablehnung einer Scheidung. Meine verhasste Tätigkeit als Diplomat hat ihr ein komfortables Leben ermöglicht, von den Erlösen ihrer vielgepriesenen Kunst wären wir jämmerlich verhungert. Übrigens hatte sie früher die christlichen Gebote nicht so ernst genommen und hatte manchen schneidigen Diplomaten vernascht. Davon will sie heute nichts mehr wissen.«

»Was stört Dich so sehr an ihr, dass Ihr dieses Ritual der Begegnungsvermeidung zelebriert, statt zusammenzuleben?«

»Sie ist in höchster Potenz schlampig. Überall wirft sie ihre Sachen herum und es ist schwer sich über ihre Haufen einen Weg zu bahnen. Manchmal bin ich überrascht, dass sie in dem Chaos den Gegenstand findet, den sie gerade sucht.«

»Lass ihr in ihrem Bereich ihr Chaos, warum ereifert Dich das so?«

»So wie es außen bei ihr aussieht, so sieht es auch in ihrem Inneren aus, Chaos! Sie erkennt im Herbst ihres Lebens, dass es ihr nicht gelungen ist den in ihr vermuteten Genius zu wecken, weil kein Genius vorhanden ist. Diese Erkenntnis tut weh. Daher ihre Flucht in die Religion, die verspricht, im Jenseits wird Deine Genialität endlich erkannt.«

Carola lief aus Fenster, nahm das Bild der Eltern aus der Vitrine und blickte ihren Vater fragend an: »Papa, für Euch war Treue vielleicht nicht so wichtig, wenn Otto mich betrügen würde, wären wir sofort getrennte Leute!«

»Das halte ich für nicht angemessen. Es gibt tiefgreifende Gründe, wie Missachtung oder Abneigung, die eine Trennung mehr rechtfertigen könnten, als die angeborene Triebhaftigkeit des Mannes. Eure Generation ist prüde geworden und räumt der sexuellen Treue einen zu hohen Stellenwert ein.«

»Mich stört nicht allein die Vorstellung, dass er sich in fremden Betten wälzt, sondern die Heimlichtuerei und der Vertrauensbruch.«

Heinrich schlenderte zu ihr ans Fenster und ließ seinen Blick in die Ferne schweifen: »Schon die Formulierung: Sich in fremden Betten wälzen oder fremdgehen deutet darauf hin, dass dieser Vorgang mit Missbilligung und Verachtung belegt ist. Sich hingeben, sich Freude schenken, wäre eine viel trefflichere Formulierung.«

»Mich würde dieser *Vertrauensbruch* innerlich stark verletzen und meine Liebe bekäme einen tiefen Riss.«

»Ach, Prinzesschen, wie könnte Dein Mann es denn ohne Vertrauensbruch tun? Aus Deinen Worten klingt egoistisches Besitzdenken, das verletzt wird und die Sorge, er könnte an der anderen mehr Gefallen finden als an Dir. Eigentlich sind das niedere Motive, die Du überwinden solltest. Ich habe mich aufrichtig gefreut, wenn Anne eine aufregende Nacht erleben konnte, die ich ihr nach Jahren des Ehealltags nicht mehr bieten konnte. Eine solche Nacht habe ich mir gelegentlich auch gegönnt, ohne einen Bruch herbei zu führen.«

»Ich bin bereit mein Besitzdenken zu bekämpfen, aber wie komme ich zu meinem Kind, wenn sich Otto so bockig zeigt?«

»Wenn Du ihn nicht nur liebst, sondern ihm die Vaterrolle zutraust, dann lass ein Kind der Liebe entstehen, so ein sonniges, wie Du es geworden bist. Wir Männer, besonders im fortgeschrittenen Alter, sind vom Kinderwusch genauso geprägt, wie die Frauen. Es stellt sich Furcht ein, die exklusive Liebe unserer Partnerin zu verlieren. Wir zögern aus Angst vor der Verpflichtung, die eine Vaterschaft mit sich bringt und den unbekannten Herausforderungen.«

»Ich möchte ein Kind von Otto und nicht von einem anderen Mann und traue ihm die Vaterrolle zu. Wie soll ich es entstehen lassen, wenn er nicht will?«

»Ach, Prinzesschen, ihr Frauen habt dafür eine Reihe von Möglichkeiten.«

Die Nacht in der Hütte

An diesem Freitag im Frühling stand die Sonne schon schräg und die Bäume warfen lange Schatten. Beschwingt fuhren Hans und Renate in ihrem Borgward Cabrio vor, um ihre Freunde Otto und Carola zu einem Wellnessurlaub in Quedlinburg abzuholen. Es sollte ein unbeschwertes Wochenende werden mit Übernachtung im Fünfsternehotel, mit Wellness und Stadtbesichtigung. Die Freunde krabbelten auf die Rücksitzbank des Cabrios, die größer als vermutet war, und ließen sich chauffieren. Man plauderte unbeschwert über die Ereignisse der letzten Wochen und Renate reichte Champagner in Plastikbechern. Hans steuerte die Tankstelle bei Michendorf an, um den Wagen vollzutanken. Im Handumdrehen bildete sich eine Traube von Neugierigen um den Oldtimer, die sich Details ansahen, wie die verchromten Stoßstangen und Radkappen, und machten Selfies in möglichst originellen Positionen.

Ein älteres Ehepaar strich liebevoll über das Blech und er fragte versonnen: »Erinnerst Du Dich an unsere Romreise mit dem Borgward, als Du meinen Heiratsantrag endlich erhört hast, und ich vor Begeisterung Samba auf der Straße getanzt habe?«

Ein Mann mittleren Alters, mit einer auffälligen Mütze und einem langen Schal kam auf Hans zu: »Ich möchte Werbeaufnahmen mit diesem Borgward machen und zahle Ihnen tausend Euro pro Drehtag, hier ist meine Karte!«

Im Schein der Abendsonne bei geöffnetem Verdeck und gemütlichem Tempo ging die Fahrt weiter über die Autobahn. Otto fühlte sich zunehmend wohler auf der Rücksitzbank und war überwältigt von dem lebhaften Interesse der Tankstellenkunden an dem Oldtimer. Als sie sich ihrem Ziel im Harz näherten, verließ Hans die Autobahn. Der Himmel über dem Gebirge verdüsterte sich, und er schoss das Verdeck. Auf den geraden Strecken schnurrte der Wagen brav vor sich hin, nur an den Steigungen machte sich ein schleifendes Geräusch bemerkbar, das beunruhigend wirkte. Hans fand besänftigende Worte und bog in eine Nebenstraße ab, die er als Abkürzung in Erinnerung hatte. Das Geräusch wurde nach jeder Kurve lauter und ging in ein Kreischen über, schließlich erfolgte ein Schlag, und das Auto blieb stehen.

Es war inzwischen fast dunkel geworden, und aus den grauen Wolken ergoss sich ein heftiges Gewitter. Hans versuchte erfolglos über sein Handy den ADAC zu erreichen, aber der stolze Oldtimer hatte in einem Funkloch seinen Dienst verweigert. Das Prasseln des Regens auf dem Cabrio Verdeck hatte etwas Bedrohliches, bei vier Personen auf engstem Raum waren die Scheiben sofort beschlagen und blockierten jede Sicht. Ein Gefühl von Beklemmung breitete sich aus. Durch einen leicht geöffneten Fensterspalt erkannte Hans in einiger Entfernung die Umrisse einer Berghütte, und man beschloss zu dieser Hütte Schutz zu suchen. Völlig durchnässt erreichte das Quartett die Hütte, leider war sie verschlossen. Hans gelang es, mit einem Stöckchen die Holzverriegelung zu lösen und die Tür zu öffnen. Man trat mit triefender Kleidung unter das schützende Dach und gewöhnte sich schnell an das spärliche Licht in der Hütte. Die Einrichtung bestand aus einem Tisch mit Stuhl und einem Regal. Der Hüttenboden war reichlich mit Stroh bedeckt. Die vier Gestrandeten kauerten sich auf den Boden und analysierten ihre beklagenswerte Lage. Der Regen ließ etwas nach, war jedoch immer noch kräftig. Ein Fußmarsch zum nächsten Ort wurde auf zwölf Kilometer geschätzt, daher entschlossen sie sich, die Nacht in der Hütte zu verbringen. Hans, der sich als Verursacher des Elends schuldig fühlte, erbot sich durch den Regen zum Auto zu laufen. Er kam mit einer Decke, zwei Schokoriegeln, einer

Wasserflasche und einer Taschenlampe zurück. Neben dem naturbelassenen Ambiente konnte jedes Paar als Abendessen einen viertel Liter Wasser und einen Schokoriegel genießen. Für das Nachtlager wurde das vorhandene Stroh geschichtet, die Decke musste vier Körper gleichzeitig bedecken und machte ein dichtes Beieinanderliegen erforderlich. Die kälteempfindlicheren Damen erhielten einen Platz in der Mitte, die Herren schliefen am Rand und kamen nur unzureichend in den Genuss der wärmenden Decke. Renate und Carola zögerten zunächst, ihre feuchte Kleidung abzulegen und sich in Unterwäsche zu zeigen, fügten sich dann, im Schutze der Dunkelheit, in ihr Schicksal. Jeder Schläfer, der sich in der Nacht umdrehte, löste einen erneuten Kampf um einen Deckenanteil aus. Das Stroh piekte unangenehm am Rücken und erinnerte an Fakire, die sich im Zirkus auf Nagelbrettern ausstrecken mussten.

Bei dem anhaltenden Regen erwies sich das Hüttendach als undicht, zunächst wurde Carola von einzelnen Tropfen getroffen und drehte sich zur Seite. Bald ging das Tropfen in ein regelmäßiges Plätschern über und machte das Stroh feucht. Mit Hilfe der Taschenlampe konnte das Leck ausfindig gemacht werden. Die Männer bildeten eine Räuberleiter, Renate reichte ihnen einen verbeulten Eimer, den sie auf dem Regal gefunden hatte, und Hans hängte ihn unter die undichte Stelle des Dachs. Das in den Eimer fallende Wasser erzeugte ein Echo: Pietsch...platsch...plietsch...platsch, als würde es ein Gespräch mit den Schlafsuchenden anfangen wollen.

Als Carola keinen Schlaf finden konnte, stöhnte sie verzweifelt: »Mein Gott, womit habe ich das verdient?« Gott überließ es der Fragestellerin, selbst eine Antwort zu finden. Otto klagte: »Verschone uns mit Klagen, wir würden gern schlafen!« Mit dem Einsetzen des ersten Morgenlichts verspürte sie einen Druck in ihrer Blase. Es hatte aufgehört zu regnen, und sie wagte es, unter der Decke hervorzukriechen und aus der Hütte zu schlüpfen. Ein junger Tag erwachte, der Himmel war wie saubergefegt, der östliche Waldrand kündete mit einem goldenen Schimmer die aufgehende Sonne an, die Vögel zwitscherten, und die Tropfen auf den Blättern funkelten wie Diamanten. Zwei Bergziegen grasten in der Nähe, ihr Atem wurde in der kühlen Morgenluft sichtbar, er erinnerte an einen feuerspeienden Drachen. Auch die gebogenen Hörner sahen bedrohlich aus und verängstigten Carola, sie wollte zurück in die Hütte fliehen. Der Druck in ihrer Blase wurde stärker. Sie raffte all ihren Mut zusammen und fixierte entschlossen diese Ungeheuer. Die Ziegen unterbrachen ihre Nahrungsaufnahme und fixierten Carola. Sie stellte ihren Kopf schräg und betrachtete die Tiere aus einer geänderten Perspektive, die Ziegen stellten auch ihre Köpfe schräg und betrachteten Carola. Sie hockte sich langsam hin und als ein plätscherndes Geräusch zu hören war, begannen beide Ziegen zu pinkeln, als hätten sie sich verabredet. Vielleicht sollte dieser solidarische Akt den Pakt zwischen Mensch und Tier für ein friedliches Zusammenleben bestätigen. Wenn man etwas gemeinsam tut, greift man sich nicht an.

Plötzlich entdeckte Carola einen Mann in einem grünen Lodenmantel, der ein Bein auf einen Baumstumpf gestellt hatte und sie schamlos anglotzte. Erschrocken zog Carola ihren Slip hoch und stürmte in die Hütte zurück, um die Anderen auf den unerwarteten Besucher aufmerksam zu machen.

»Was machen Sie in meiner Hütte?«, fragte der Carolaschreck, der eine Flinte über der Schulter trug, die er jetzt auf die Hüttenbesetzer richtete.

Hans fühlte sich verpflichtet, eine Antwort zu geben, er zog eilig seine Hose an und trat vor die Hütte: »Guten Morgen! Wir hatten gestern eine Autopanne und konnten wegen des Funklochs hier und des Gewitters keine Hilfe herbeiholen, da haben wir Unterschlupf in Ihrer Hütte gesucht. Es handelt sich nicht um einen Einbruch sondern um einen Notfall, und wir sind bereit, für Ihre Hilfe zu bezahlen.« Die Anderen hatten sich inzwischen auch angekleidet und traten nacheinander vor die Hütte und lächelten den Besucher voller Erwartungen an, wie Kinder, die hoffen, damit ein Ungeheuer besänftigen zu können.

Der Hüttenbesitzer blinzelte Carola an, die er vorher ohne Verkleidung gesehen hatte. Er schien von ihr angetan zu sein und senkte seine Flinte ab: »Wenn ich helfen kann, tue ich es gern. Gehört Ihnen das Auto unten am Weg?«

Hans ging auf den Helfer zu und schüttelte ihm die Hand: »Mein Name ist Hans Grünwald, das Auto gehört mir. Das Kreuzgelenk ist abgerissen, das Fahrzeug ist nicht fahrtüchtig und muss abgeschleppt werden. Das ist an einem Samstag tief im Wald kein leichtes Unterfangen.«

Der Angesprochene war Anfang fünfzig, hatte langes, dunkles Haar und ein rundes Mondgesicht mit eng beieinander liegenden Augen. Er rümpfte die Nase und fragte ungehalten: »Ich bin der Ziegenbauer. Das Auto hat ein Berliner Kennzeichen, ist es dort üblich in einem Raum mit zwei Frauen zu schlafen?«, dabei blickte er Carola vorwurfvoll an.

»In Notsituationen muss man erfinderisch sein, wir haben sicherheitshalber den Tisch zwischen uns gestellt«, spottete Hans, der seinen spießigen Retter nicht irritieren wollte.

»Dann hat ja alles seine Ordnung. Mein Traktor steht unten auf der Straße, ich fahre ihn vor Ihr Auto und schleppe es ab. Die Damen können bei mir auf dem Traktor mitfahren, die Herren sollten den Wagen lenken. Bis ins Dorf sind es sechs Kilometer, auf dem Weg werden Sie kräftig durchgeschüttelt ha, ha, ha, dafür gibt es zu Hause ein zünftiges Bauernfrühstück. Nach dieser Nacht müssen Sie hungrig sein.«

»Gibt es im Dorf eine Autowerkstatt?«

»Eine Werkstatt lohnt sich für unser Dorf nicht. Ich habe eine Reihe von Kreuzgelenken für meine landwirtschaftlichen Geräte, vielleicht kann man eins davon für den Borgward passend machen, notfalls können Sie einen Leihwagen bestellen, das klappt auch samstags.«

Das Gefühl der Hilflosigkeit und Verzweiflung, das sich in der Hütte bei den beiden Paaren breit gemacht hatte, wurde nun von einem beschwingten Gefühl des überstandenen Abenteuers ersetzt, das durch die unerwartete Rettung ausgelöst wurde. Das Handy funktionierte wieder und ermöglichte einen Anruf, um die verspätete Ankunft im Hotel anzukündigen. Das Abschleppen war problemlos, und auch der Retter war in bester Laune, die von den Damen mit Lob und aufmunternden Worten in Schwung gehalten wurde. Carola und Renate saßen auf Hilfssitzen über den Traktorradkästen rechts und links vom Fahrer, der sich in jeder Linkskurve zur Seite lehnte, um Carolas Knie zu berühren: »Wenn ich einfach nachts in meine Hütte gekommen wäre, hätte ich Sie in Unterwäsche angetroffen!«

Renate wollte seine erotischen Phantasien nicht bremsen und antwortete: »Wir hätten Ihnen den Lodenmantel ausgezogen und dankbar als Decke benutzt und hätten uns in dieser Notsituation dicht an unseren feschen Jägersmann gekuschelt, weil es nachts kalt wird nur mit Unterwäsche bekleidet.«

»Ja, was hätten denn die Ehemänner dazu gesagt?«

»Ach, die schnarchten hinter dem Tisch um die Wette und hätten nichts gemerkt von unserem nächtlichen Besucher.«

»Ja, da hätten sich beide an mich gekuschelt?«

»Wir haben beide gefroren und es wäre interessant gewesen zu entdecken, was unter dem Lodenmantel zum Vorschein kommt, und was wir hätten erwecken können.«

Ja, wenn sich die Eine für mich interessiert hätte, was hätte die Andere dann gemacht?«

»Bei einem Gewitter nachts in einer einsamen Hütte können sich auch zwei Frauen an einem gestandenen Mannsbild erbauen, wenn beide das Glück haben, es so nah zu fühlen«, gurrte Carola und goss zusätzliches Öl in das Feuer.

Der Ziegenbauer malte sich das in den schillerndsten Farben aus und ein selbstgefälliges Lächeln huschte über sein rundes Gesicht. Er fuhr mit Schneid in die nächste Bodenwelle und blickte Carola an: »Ja, Sie sind eine schöne, gut gebaute Frau, die eine Sünde wert wäre. Aber nachher auf dem Hof, kein Wort über schlüpfrige Hüttenspiele zu meiner Elli!«

Der Hof erwies sich als ein gewaltiges Anwesen mit einer Reihe von Mitarbeitern. Als die ihren Chefs sahen, unterbrachen sie ihre Beschäftigungen, um ihm zu Diensten sein und schienen erfreut über ein unerwartetes Ereignis auf dem Hof. Dabei umschwirrten sie voller Neugierde den mit Spritzern überdeckten Borgward, der, hinter den Traktor angeseilt, etwas hilflos wirkte. Elli stürzte aus dem Haus, als sei ein Feuer ausgebrochen und betrachtete misstrauisch die schicken Städterinnen, die ihren gutgelaunten Mann einrahmten: »Ja, stell Dir vor Elli, die armen Frauen hatten eine Autopanne und mussten bei dem Gewitter in unserer Jagdhütte übernachten«, teilte der Ziegenbauer aufgeregt mit, als würden die männlichen Besucher nicht existieren.

Elli wurde immer übellaunig, wenn ihr, in die Jahre gekommener Mann, ein weibliches Wesen anblickte: »Und Du barmherziger Samariter konntest die armen gestrandeten Frauen retten«, bemerkte sie spitz. Sie hatte das Frühstück für ihren Mann vorbereitet und musste nun unwillig weitere vier Gedecke auflegen. Es gab zum Frühstück Bauernbrot, Käse, Wurst und Eier aus eigner Produktion. Als Carola den Geschmack der Eier lobte, verkündete der Hausherr mit einer gewissen Wehmut: »Unsere zehn Hühner laufen frei herum, suchen sich ihr Futter selbst und werden von nur einem Hahn betreut.

Elli korrigierte eilig ihren Mann: »Betreut, welch eine scheinheilige Bezeichnung! Du willst sagen, dass Du bedauernswerter Mann, bei all den frischen Mägden auf dem Hof und den schicken Städterinnen, gern Hahn wärst. Aber im christlichen Abendland darf der Mann nur seine Ehefrau begehren, sonst lodert ihm das Höllenfeuer.«

Der abgeschleppte Wagen wurde in die Werkstatt geschoben, der Ziegenbauer suchte ein Kreuzgelenk heraus und instruierte seinen Mechaniker über den Einbau. Beim Ausbau des defekten Kreuzgelenkes legte der Chef selbst Hand an, und Hans staunte, dass die Reparatur schon nach einer Stunde erledigt war und eine erfolgreiche Probefahrt durchgeführt werden konnte.

»Ja, früher, zu DDR Zeiten, waren wir auf das Improvisieren angewiesen. Die Genossen von der Einheitspartei hatten außer Sprüchen nicht viel zu bieten. Gott hat auch nicht geholfen im sozialistischen Lager, da musste man sich selbst helfen«, bemerkte der Ziegenbauer. Ohne die angesprochene Sünde zu begehen zu können, steckte er beim Abschied der angebeteten Carola noch Wurst und Käse für die Fahrt zu, in der Hoffnung, sie würde sich wenigstens mit ihren Geschmacksorganen seiner entsinnen.

Quedlinburg

Die Weiterfahrt nach Quedlinburg erfolgte mit geöffnetem Verdeck. Das Quartett war in bester Stimmung. Die Damen parodierten den Wortwechsel ihres neuen Verehrers: »Ja, wenn ich Sie nun in Unterwäsche gesehen hätte, was hätten die Ehemänner dazu gesagt?«

Renate prustete lachend hervor: »Ach, die schnarchten hinter dem Tisch um die Wette und hätten von unserem nächtlichen Besucher nichts gemerkt!«

Hans fragte erheitert: »Ihr habt auch den Tisch als Raumteiler zur Rettung der Eurer Tugendhaftigkeit bemüht?«

»Hinter dem Tisch hätten wir ihm den Lodenmantel ausgezogen, uns wärmesuchend an den wackeren Jägersmann gekuschelt und erforscht, was da alles zu entdecken ist. Nur dürfen wir seiner Elli nichts davon erzählen.«

Otto hob amüsiert eine geballte Faust: »Eure Männer schnarchen nicht, sie sind immer wach und hätten mit Mistgabeln die Ehre ihrer Frauen gegen den nächtlichen Eindringling verteidigt!«

Die breite Auffahrt zum Hotel wurde wohl einst für sechsspännige Kutschen gebaut. Das Vordach war auf Säulen gestützt und schützte den Eingangsbereich. Hier bemühten sich Pagen um das wenige Gepäck der neuen Gäste. Einer versuchte den Borgward in die Hotelgarage zu fahren und hatte Probleme mit der ungewohnten Lenkradschaltung. Erst nach Einweisung durch Hans konnte er das vielbewunderte Cabrio bedienen.

Die Ausstattung der Zimmer erinnerte an die eines Schlosses, mit Seidentapeten, Stuckdecke und einem Holzfußboden, in den Ornamente eingelegt waren. Das Doppelbett war mit einem Baldachin überdacht und mit schweren Samtvorhängen umrandet, die wohl den Blick auf die Geschehnisse im Bett verdecken und vor Spinnen schützen sollten. Von der Terrasse konnte man einen Blick auf die Altstadt werfen, und vor dem schicken Bad stand ein Ofen mit Kacheln aus Delft. Der Fernseher konnte auf Knopfdruck aus einer barocken Truhe ausgefahren werden, und das Telefon stammte aus der Anfangszeit der Telekommunikation und hatte einen vergoldeten Trichter.

Man hatte sich zum Abendessen im Restaurant des Hotels verabredet, und die Damen legten ihre Abendgarderobe an, die einen krassen Kontrast zur nassen Bekleidung des Vorabends in der Jagdhütte bildete. Kristallleuchter, barocke Möbel, weiße Tischdecken und Silberbestecke verliehen den servierten Speisen einen feierlichen Rahmen. Vier Kellner bemühten sich um das Wohlergehen der beiden Paare. Sie begrüßten die Gäste, stellten eine Aufmerksamkeit des Hauses auf den Tisch und überreichten jeweils eine Speisekarte. Die Karten für die Damen enthielten keine Preise. Die Menüs hatten wohlklingende, französische Namen unter denen man sich nichts Konkretes vorstellen konnte. Renate wollte sich einen Überblick über die Preise verschaffen und schielte indiskret in die mit Preisen versehene Karte ihres Nachbarn. Der Oberkellner empfahl verschiedene Weine. Die Bestellung wurde gemacht, und Hans wurde ein Schluck Wein zur Verkostung gereicht, dann wurden die Vorspeisen serviert. Bei all dem Glanz und den vornehmen Gästen wagte man nur mit gedämpfter Stimme zu sprechen und machte Pläne für das Wochenende. Am Abend wollten sie die Sauna im Wellnessbereich aufsuchen, für den nächsten Tag war eine Stadtbesichtigung geplant und eine Fahrt mit der historischen Dampflok auf den nahegelegenen Brocken.

Nach knapp einer Stunde schritten die vier Kellner entschlossen auf den Tisch zu. Sie jonglierten auf ihren Servietten vorgewärmte Teller, die jeweils mit einer Silberhaube abgedeckt waren. Die Gäste blickten hungrig und erwartungsvoll auf die Hauben, die gleichzeitig abgenommen wurden und der Oberkellner jubelte: »Voila, guten Appetit!«

Hans musste seine Brille zu Hilfe nehmen, um die enthüllten Köstlichkeiten auf dem riesigen Teller erkennen zu können. Er entdeckte durch Zufall, unter einem Salatblatt, ein winziges Stück Fleisch, garniert mit drei Gemüsestreifen und einer liebevoll geformten Krone aus Kartoffelpüree. Der Inhalt auf Renates Teller wirkte, vielleicht wegen der größeren Entfernung, noch bescheidener.

»Diese kleine Fleischprobe schmeckt köstlich, aber sie reicht nur zum Auffüllen der Zahnlücken und man merkt ihr Eintreffen im Magen nicht. Mein Hunger ist durch dieses Menü nicht zu stillen«, tuschelte er Renate ins Ohr, und sie nickte heftig. Auch Carola und Otto zeigten verwunderte Gesichter und mussten sich konzentrieren, um die filigranen Elemente des Menüs mit dem Besteck aufzunehmen.

Die vier Kellner standen im diskreten Abstand hinter den Stühlen, die Servietten über dem Arm, den Blick auf einen imaginären Punkt in der Raummitte gerichtet. Als sich Otto zur Entspannung leicht zurücklehnte, eilte sein Kellner beflissen herbei: »Darf ich noch ein Sträußchen Broccoli nachlegen?« Wer den Kellner nicht rufen wollte, musste ungewollt in einer über den Teller gebeugten Haltung ausharren, was anstrengend war. Die hungrig gebliebenen Gäste wagten es nicht, sich zurückzulehnen.

Die Rechnung wurde in einer geschnitzten Holzschatulle mit einem Schokoladenstreifen überreicht, der den Bezahlvorgang versüßen sollte. Jeder Gast erhielt ein heißes, feuchtes Tuch, das zum Reinigen der Hände gedacht war. Renate betrachtete Hans fragend und wusste nichts anzufangen mit ihrem Tuch, und er erklärte so laut, dass es jeder im Raum hören konnte: »Die Tücher sind zum Abtrocknen der Tränen, die bei Ansicht der Rechnung fließen.«

Im Wellnessbereich erhielt jeder Gast einen weißen Hotelbademantel, große Handtücher und einen Chip am Band für die Registrierung von Bestellungen. Carola verteilte den vom Ziegenwirt stammenden Reiseproviant, der nach dem Diätmenü mit Heißhunger verzehrt wurde. Ein sportlicher, junger Mann half bei der Auswahl und Einstellung der Fitnessgeräte. Die Damen wählten das Laufband, die Herren gaben dem Fahrrad den Vorzug. Nachdem jeder sich müde gestrampelt hatte, wechselte man in den Saunabereich über. Otto war der Überzeugung, dass sein nackter Körper auf weibliche Wesen besonders anziehend wirken musste und ließ keine Gelegenheit aus, seinen Körper unbedeckt zu zeigen. Er hing der irrigen Meinung an, dass Frauen beim Anblick eines männlichen Geschlechtsteils ähnlich stimuliert werden, wie Männer beim Betrachten einer nackten Frau. Die Damen mögen sich an der männlichen Stimme, dem Haar oder an den Muskeln erbauen, sein kleines Männlein bezeichneten sie respektlos und amüsiert als hilflos tanzendes Zipfelchen. Das führte bei Otto zu einer Verstimmung, insbesondere weil sich Carola an diesen despektierlichen Bemerkungen beteiligte, und er bedeckte diesen Gegenstand der Erheiterung beleidigt mit einem Handtuch. Auch am nächsten Tag war er noch verstimmt über die nächtliche Herabsetzung seiner Männlichkeit und nahm sein Frühstück brummend und dozierend ein:»Ein Zipfel ist das kleine Endstück eines Gegenstands und ist ungeeignet zur Kennzeichnung eines Geschlechtsorgans, das schwingt und nicht tanzt.«

Für die Anfahrt zum Brocken benutzte man das Auto um an den Nationalpark Harz heranzufahren und wanderte über Felsen und Bäche zur Talstation der Brockenbahn. Eine siebenhundert

PS starke Dampflokomotive fuhr pfeifend und schnaufend, zeitraubende Schleifen durchkämpfend, auf eine Zwischenstation. Dort legte sie eine längere Pause ein. Es roch nach Schwefel und die Luft war mit Rauch gefüllt. Eine Gruppe von Fußgängern mit Windjacken, Stöcken und Rucksäcken ausgerüstet, lief zügig und gut gelaunt vorbei.

»Ich glaube, die sind schneller oben als wir mit dieser Dampflok«, bemerkte Otto ungehalten. Auf der über tausend Meter hohen Bergstation des kahl wirkenden Brockens wurde man von einem eisigen Wind empfangen, der eine beschleunigte Besichtigung ratsam machte. Hans wollte unbedingt den *Hexentanzplatz* kennen lernen und fand ein kleines, von einem Geländer umgebenes Plateau. Der Sage nach wurde dort der Hexensabbat gefeiert. »Ich kann mir nicht vorstellen, dass Goethe hier zu der Szene der Walpurgisnacht in seinem Faust inspiriert wurde, mir fehlt diese Phantasie des Dichterfürsten«, stellte er enttäuscht fest.

Die Damen hatten eilig das schützende Restaurant aufgesucht und genossen den Panoramablick vom Fenster aus. Carola hatte beim Aufstieg einen Absatz ihrer hochhackigen Schuhe verloren. Sie konnte nur hinkend gehen und hatte Mühe, ihr vom Wind zerzaustes Haar zu ordnen. Sie nahm dankbar das Kopftuch an, das ihr von Renate angeboten wurde und verhüllte sich weitgehend. Es war der wackeren Brockenbezwingerin peinlich, sich in diesem ungekämmten Zustand zu zeigen.

»Warum hast Du keine flachen Schuhe angezogen?«, fragte Otto vorwurfvoll.

»Ich habe zwar hundert Paar Schuhe, aber außer den Skischuhen sind keine flachen dabei, denn ich laufe gerne in hohen Schuhen«, kam ihre ehrliche Antwort. Männer schauen sich gerne schlanke, weibliche Beine an, die durch hohe Absätze verlängert wirken. Aber nur selten wären Männer bereit die Unannehmlichkeiten beim Laufen mit hohen Schuhen in Kauf zu nehmen.

Am Nachmittag war eine Besichtigung von Quedlinburg vorgesehen, dafür wurde der Fremdenführer Ernst engagiert. Ernst war etwa sechzig Jahre alt, etwas pummelig und, im Gegensatz zu seinem Namen, ein heiterer Zeitgenosse. Er wurde hier geboren und war mit der Geschichte der Stadt bestens vertraut. Quedlinburg zeigte sich als eine bestens erhaltene, mittelalterliche Stadt mit Fachwerkhäusern aus acht Jahrhunderten, kopfsteingepflasterten Straßen, malerischen Gassen und einem Renaissance-Rathaus. Diese Stadt wurde in die UNESCO-Liste des Weltkulturerbes aufgenommen. Ernst erzählte sehr bilderreich von der nahegelegenen, sagenumwobenen Teufelsmauer, dem Schandpfahl, an dem Frauen das Verbreiten von üblen Gerüchten bereuen sollten und von dem *allgegenwärtigen Denkmalsschutz*, der auch kleinste bauliche Veränderungen verhindern kann. Er beschrieb die Tätigkeit des Nachtwächters, der allabendlich, mit Laterne und Spieß ausgerüstet, seinen Rundgang machte und die Bürger zur Nachtruhe mahnte und gesungen haben soll: »Pinkelt nicht in die Bode bei Nacht, denkt daran, morgen wird daraus Bier gemacht.«

Nach der Stadtbesichtigung kehrte das Quartett in eine Gastwirtschaft ein, in der das zum Ausschank kommende Bier hergestellt wurde und in den zur Schau gestellten Kupferkesseln reifte. Alle waren neugierig auf das Schwarzbier, das Ernst als kräftig und besonders wohlschmeckend beschrieben hatte. Er erzählte auch, dass in früheren Zeiten das Bier oft schon getrunken wurde, wenn es noch nicht gereift war und dann zu Magenproblemen geführte. Es wurde im Volksmund mit der Bezeichnung Puparschknall bezeichnet.

Beide Paare fühlten sich wohl, und das Bier schmeckte und löste die Zungen. Hans erzählte von dem Ärger, den er in seiner Firma hatte: »Ich konnte im letzten Jahr meinen Umsatz und Gewinn um fast zehn Prozent steigern, trotz der schwächelnden Konjunktur in den USA und China und des Russlandboykotts. Mein Chef, der noch nie einen Großkunden besucht hat und von den Problemen im Export spricht, wie der Blinde von der Farbe, labert genau wie im Vorjahr: Um im globalen Wettbewerb mithalten zu können, müssen wir im nächsten Jahr unseren Umsatz um zwanzig Prozent steigern. Um die Gewinnerwartungen unserer Aktionäre erfüllen zu können, müssen wir die Kosten um fünf Prozent senken.«

Hans nimmt einen kräftigen Schluck Schwarzbier und fährt mit gekünstelt, hoher Stimme fort: »Machen Sie mir bis Freitag einen detaillierten Bericht mit welchen Maßnahmen Sie dieses Ziel erreichen wollen.« Mir stellen sich immer die Nackenhaare auf, wenn ich diesen Blödsinn anhören muss. Die dringlichste Maßnahme wäre die Ablösung des unfähigen Marketingleiters im eigenen Hause und eine Abkehr von der irrigen Theorie, Wachstum und hohe Gewinne sichern Arbeitsplätze.«

Renate machte sich Sorgen um seine berufliche Zukunft und fuhr erschrocken auf: »Wirst Du in Deinem Bericht vorschlagen, Deinen Chef zu ersetzen?«

»Mein Gehalt stellt eine Art Schmerzensgeld dar, die erforderliche verbogene eigene Haltung gilt damit als abgegolten. In den Maßnahmen, die ich vorzuschlagen gedenke, werde ich brav die altbewährten Folterwerkzeuge des Kapitalismus empfehlen: Umsatzerweiterung durch Aufkauf von Konkurrenten, um den Wettbewerb zu verringern und dessen Umsatz zu schlucken. Kostensenkung durch Entlassung von Mitarbeitern, weil die Angst vor Entlassung gleichzeitig die Bereitschaft der Restmannschaft zu mehr Überstunden bewirkt, ha, ha, ha.«

Es öffnete sich die Tür und ein rundlicher, älterer Mann betrat die Gaststätte. An seiner Seite eine junge Frau, die seine Tochter sein könnte und etwas zu stark geschminkt war. Als Hans die Neuankömmlinge erspähte, duckte er sich instinktiv hinter Otto: »Wenn man vom Teufel spricht, dann ist er nicht weit.«

Der reife Herr ging zielstrebig auf einen Tisch zu, charmant auf seine Begleiterin einredend, und ihr devot den Stuhl hinschiebend. Durch die Art, wie er ihr das Jäckchen abnahm, um sie herumturtelte und seine Umwelt kaum noch wahrnahm, entstand der Eindruck, dass er eine amouröse Eroberung, nicht seine Ehefrau, beeindrucken wollte. Es fehlte nur, dass dieser erregte Pfau ein Rad schlagen würde. Mit Kennermiene erklärte er ihr die einzelnen Positionen auf der Speisekarte, dabei spiegelte sich der Kristallleuchter auf seiner Glatze und sein Bauch blieb an der Tischkante hängen. Sie belohnte seine Bemühungen mit einem bewundernden Lächeln. Viele balzende Männer sind bereit, sich lächerlich zu machen und hohe Kosten auf sich zu nehmen, um ihren Fortpflanzungstrieb ausleben zu können und nennen das Liebe. Durch eine Tücke der Natur sind viele Männer so fehlprogrammiert. In dieser Gaststube konnte man ein typisches Beispiel dieser Gattung beobachten.

Hans war aus seinem Versteck hinter Ottos Rücken hervorgerutscht, positionierte sich mit dem Rücken zu seinem Chef und hielt sich krampfhaft an seinem Bierkrug fest, er wollte nicht erkannt werden und seinem Vorgesetzten peinliche Erklärungslügen ersparen. Otto führte das Gespräch fort und entwendete ihm seinen Bierkrug und wollte die gemachte Anmerkung über den Kapitalismus korrigieren: »Meine *Firma muss Gewinne machen*, sonst kann ich nicht investieren und meine Mitarbeiter nicht bezahlen. Es gibt keinen Grund, sich für das Erzielen von Gewinnen zu schämen. Es ist das Ziel eines jeden Unternehmers, oder sollen hier Verhältnisse entstehen, wie in der früheren DDR? Wer an den Fundamenten unseres Wohlstandes rüttelt, bekommt kein Bier mehr.«

Carola puderte sich die Nase und betrachtete in ihrem Schminkspiegel amüsiert den balzenden Herrn: »Ich bin überzeugt, dass dieser Spesenritter seine bezaubernde Eroberung auf Firmenkosten bewirtet und das schmälert den Gewinn seines Arbeitgebers. Wie soll unser armer Hans da noch die Kosten reduzieren können?«

Hans holte sich mit einem Ruck seinen Bierkrug zurück: »Gegen *angemessene Gewinne* ist nichts zu sagen, nur gegen eine Gewinnmaximierung. Gewinne sollten mit kaufmännischen Mitteln verdient werden, nicht durch Machtmissbrauch und Versklavung der Mitarbeiter.«

Carola klappte ihren Spiegel zusammen: »Was betrachtest Du als angemessenen Gewinn? Könnten wir meine Schuhe, unseren Gärtner und die Motoryacht dann noch bezahlen? Wir sind dem Rat unserer Bank gefolgt und haben eine *Briefkastenfirma in Panama* gegründet, sonst würde der Staat unser sauer verdientes Geld einkassieren.«

»Ein Staat kann seine Aufgaben nur wahrnehmen, wenn er über Einnahmen verfügt. Wenn diejenigen, die die Chance haben, viel Geld zu verdienen, sich durch Tricks ihrer Steuerpflicht entziehen, dann ist das unredlich, in vielen Fällen sogar kriminell.«

Otto legte den Finger auf den Mund und fragte mit gedämpfter Stimme: »Willst Du damit behaupten, wir seien kriminell, nur weil wir Arbeitsplätze schaffen und erfolgreich sind? Die Einrichtung einer Briefkastenfirma verstößt gegen kein Gesetz und wurde von einer seriösen Bank abgewickelt.«

Renate lachte laut auf, goss ihr Bier in den Krug von Hans und trank daraus: »Du siehst mein Krug ist leer, ich müsste also keine Steuern zahlen, wenn Bier die Bemessungsgrundlage für

Steuern wäre und kann trotzdem Bier trinken. Mag die Einrichtung einer Briefkastenfirma gesetzlich erlaubt sein, die Vorgänge, die über diese Firma abgewickelt werden, sind es nicht. Wie viele Mitarbeiter könnten in dem engen Briefkasten arbeiten? Verkünde Deinen Kunden: Habt Vertrauen, wir machen unsere Gewinne hier und versteuern sie über eine Scheinfirma in Panama, damit wollen wir dieses notleidende Land unterstützen und unsere Finanzämter entlasten.«

Hans wirkte schon leicht alkoholisiert und bestellte eine weitere Runde Bier: »Wir wollen uns das Wochenende nicht mit *Diskussionen über Moral in der Wirtschaft* versauen. Jeder muss für sich entscheiden, ob das Promenieren im eignen Park oder das Fahren in einer Luxusjacht zu seinem Glück entscheidend beiträgt, oder ob es mehr der Eitelkeit schmeichelt und ein Haschen nach Bewunderung darstellt. Hicks! Wir Männer wollen bewundert werden, und Ihr Frauen wollt schön sein, Prost!«

Auf dem Weg zurück in das Hotel torkelte er und suchte nach einer langen Stange, um die Laternen anzünden zu können und sang laut: »Pinkelt nicht in die Bode bei Nacht, morgen wird daraus Schwarzbier gemacht«, Renate hatte Mühe, ihn von seinem Vorhaben abzuhalten und stützte seinen schwankenden Gang. Ihr war dieser laute Auftritt ihres Partners peinlich, und sie wollte vor Scham in den Boden versinken.

Für den nächsten Tag war die Rückreise geplant. Hans, noch etwas benebelt vor der letzten Nacht, zahlte die Rechnung und ließ sich gerne von einem Oldtimerfan in ein Gespräch verwickeln. Mit Sonnenbrille, einem langen, weißen Schal und einer Ledermütze bekleidet, berichtete Hans weit ausholend von den bemerkenswerten Eigenschaften seines Borgwards. Ein Page hatte das Cabrio vorgefahren, ein zweiter das Gepäck herbeigetragen und im Wagen verstaut. Carola und Renate wurden in der

Hotellobby von zwei männlichen Gästen angebaggert und entzogen sich deren Annäherungsversuchen durch einen Gang zur Toilette, der vor der Rückreise ohnehin empfehlenswert erschien.

Otto war stets voller Tatendrang und jede Art des Wartens hemmte diesen Trieb und war ihm ein Greul. Er stand neben dem Auto, und seine Ungeduld steigerte sich mit jeder weiteren Warteminute. Sein Weltbild wurde erschüttert, wenn eine so wichtige und vielbeschäftigte Persönlichkeit, wie er selbst, nutzlos herumstehen musste. Hans war im Hotel zu erkennen, aber sein Gespräch wollte und wollte kein Ende nehmen. Nach fünfzehn Minuten Wartezeit entschloss sich Otto, diesem Vielredner einen Denkzettel zu verpassen. Ein Lieferwagen hielt gerade vor dem Hotel und verdeckte das Cabriolet. Der Ungeduldige, von Rachegedanken Durchdrungene, nutzte diese Gelegenheit für sein Vorhaben. Er hob im Schatten des Lieferwagens den Borgward mit dem Wagenheber an und stellte Steine unter die Hinterachse, die das Rad so erhöhte, dass es keinen Kontakt mehr zur Straße hatte. Danach stellte er sich pfeifend am Hoteleingang auf.

Zunächst schlenderten die Damen zur Abfahrt heran, und nach einer Weile zeigte sich schließlich auch Hans mit stolzgeschwellter Brust und seinem Gesprächspartner. Er öffnete mit vielen beschreibenden Worten das Cabrio Verdeck, und Otto half ihm beflissen dabei. Nachdem das Quartett eingestiegen war, wollte der stolze Besitzer einen schneidigen Start hinlegen. Er startete den Motor, legte den ersten Gang ein und ließ die Kupplung zügig kommen. Das freie Rad rotierte wild in der Luft, aber das Fahrzeug blieb auf der Stelle stehen, und sein langer, weißer Schal hing schlaff herab, kein Fahrtenwind verwirbelte ihn. Ungehalten legte er den zweiten Gang ein, gab kräftig Gas, der Motor heulte auf, aber der Wagen wollte sich nicht in Bewegung setzen, Verzweiflung erfasste ihn.

»Sollen wir ihn anschieben?«, fragte Otto scheinheilig vom hinteren Sitz.

Die Aktion vor der Nobelherberge hatte die Aufmerksamkeit einiger Gäste auf sich gezogen, die unverhohlen zu lachen begannen beim Anblick des verzweifelten Lenkers und des leerdrehenden Rades. Das steigerte die Rage von Hans noch. Zwei Pagen eilten herbei und deuteten auf die Steine unter der Hinterachse.

»Als ich Ihr Cabriolet vorhin aus der Tiefgarage holte, waren keine Steine vorhanden«, beteuerte der Page in Livree.

Der Wagen wurde gegen ein Trinkgeld mit einer hoteleigenen Hebevorrichtung aus seiner misslichen Lage befreit, und die Abfahrt konnte erfolgen, wenn auch mit einiger Verspätung. Während der Rückfahrt wurden Überlegungen angestellt, wie die Steine unter die Achse gekommen sein könnten. Man kam zu der Überzeugung, dass es ein Dieb gewesen sein musste, der die Weißwandreifen stehlen wollte, dabei überrascht wurde und sein Vorhaben abbrechen musste.

»So etwas kann passieren, wenn ein Oldtimer so lange auf die Abfahrt warten muss und unbeaufsichtigt bleibt«, stichelte Otto.

»Du standst am Wagen, als die Damen auf der Toilette waren, Dir müsste der Dieb aufgefallen sein!«

»Ich habe wartend nach Dir Ausschau gehalten und konnte den Wagen nicht beaufsichtigen.«

Hans wurde plötzlich von Zweifeln erfasst und gelangte zu der Ansicht, dass sein Freund ihm einen üblen Streich gespielt hatte: »Deine Hände sind verschmiert, so sieht man Dich selten. Könnte es sein, dass Du den Wagenheber benutzt hast, um die Steine zu platzieren?«

»Meine Hände sind beim Öffnen des Verdecks schmutzig geworden«, beeilte sich Otto zu antworten und war froh, dass ihm diese plausible Erklärung eingefallen war.

»Du hast diesen üblen Streich ausgeheckt, weil Du selbst mit Deinem vielen Geld mein Unikat nicht haben kannst.«

»Und Du bist eine übertreibende Quasselstrippe, die jeden zu quatscht und glaubst, dass Deine verrückte Kleidung und Dein weißer Schal einen Popstar aus Dir machen.«

Carola versuchte zu schlichten: »Auf mich wirkt die Kleidung von Hans gepflegt, und Du könntest mehr Sorgfalt auf Dein Äußeres legen. Die Jeans, die Du heute trägst, stammen aus der Steinzeit.«

»Du bist ein kapitalistischer Ausbeuter«, tobte Hans unbeirrt weiter, »der seine Mitarbeiter aussaugt und keine Steuern zahlen will. Mich wundert es, dass Du heute selbst Hand angelegt hast und keinen Hotelpagen missbraucht hast für Deinen schäbigen Plan.«

»Wer es wagt, mit den alten Parolen von der Frau am Herd, die aussichtsreiche Karriere der eigenen Partnerin zu torpedieren, ist ein Egoist.«

»Ihr Lieben«, griff Renate energisch in den Streit ein, »wir haben zu diesem Wellnesswochenende eingeladen, um die Verstimmungen von dem verpatzten Faschingsball zu überwinden. Eure Beschuldigungen ähneln einem Kinderstreit, sie tragen nicht zum besseren Verständnis bei und bilden einen unwürdigen Rahmen. Diese hässlichen Anschuldigungen sollten sofort beendet werden und Ihr solltet Euch beide entschuldigen.«

Kleinlaut räumte Hans ein: »Ich gebe zu, dass ich gerne und zu ausführlich über Themen spreche, bei denen ich mich auskenne, das ist für andere oft lästig und fordert eine Reaktion heraus. Ich arbeite an einer Überwindung meiner Schwäche, wie Ihr heute erlebt habt, bisher ohne Erfolg.«

Otto fiel es sichtbar schwerer sich zu seinen Schwächen zu bekennen. Erst als Carola ihn dazu ermunterte, gestand er mit leiser Stimme: »Viele sehen in mir ein arrogantes Arschloch, wahrscheinlich zu Recht. Als Firmeninhaber darf man nicht immer den guten Onkel spielen, sonst sind die Mitarbeiter bald arbeitslos, Zusagen stellen zusätzliche Kosten dar. Es ist viel angenehmer ist den Guten zu spielen. Vielleicht bin ich durch die Geschäftsführung gezwungen rücksichtsloser zu sein als beabsichtigt, das ist glückshemmend und kann durch Wohlstand nicht kompensiert werden. Ich will das ändern, das ist mir auf unserer Reise wieder bewusst geworden.«

Der Funkturm kam in Sicht und Carola wollte zum Abschluss der Fahrt ihren Dank zum Ausdruck bringen: »Quedlinburg, das Nobelhotel und der Brockenbesuch waren schöne Erlebnisse, die Nacht in der Hütte war nicht geplant, hatte aber etwas Abenteuerliches, das ich nicht missen möchte. Wir wollen uns herzlich bei Euch bedanken und würden gern den Sommerurlaub mit Euch verbringen.«

»Das klingt gut«, beeilte sich Renate zu antworten, bevor Hans sich äußern konnte, »was haltet Ihr von der italienischen Rivera?«

»Aber nicht mit dem Borgward«, ergänzte Otto.

Einige Wochen nach der Rückkehr aus Quedlinburg stellte Carola mit Begeisterung fest, dass sie schwanger war. Sie rechnete zurück und gelangte zu der Überzeugung, dass es wahrscheinlich in der Nacht in der Hütte passiert sein musste. In der dunklen Hütte lagen die Körper zwar dicht beieinander, aber so sehr sie auch ihr Gedächtnis anstrengte, sie konnte sich an kein Ereignis erinnern, das diese erfreuliche Entwicklung ausgelöst haben könnte. Fest stand, dass der Ziegenbauer unbeteiligt war. Es drängte sie herauszufinden, wie Otto diese Nacht in Erinnerung hatte, es könnte etwas passiert sein, dass sie in den Turbulenzen der Nacht nicht so recht wahrgenommen hatte. Bei Otto hielt sich die Freude über seine künftige Vaterschaft in Grenzen, und er konnte sich nur langsam mit dieser Vorstellung vertraut machen. Er fasste seine Überraschung mit den Worten zusammen: »Wenn es wirklich in dieser Nacht passiert sein sollte, dann müsste es sich um den seltenen Fall einer Windbestäubung handeln!«

Italienreise

Endlich war alles Gepäck im Wagen verstaut, auch der Schminkkoffer und die Provianttasche, und die Fahrt konnte beginnen. Es fiel leichter Nieselregen, erst als der Brenner überquert war, zeigte sich die Sonne. Carola reichte dem Fahrer einen Schokoriegel und kuschelte sich wohlig in den Beifahrersitz der geräumigen Limousine, zwei Wochen Urlaub lagen vor ihr! »Haben wir das ganze Haus für uns alleine?«, fragte sie Renate, die im Wagenfonds saß.

»Ja, im Prospekt steht, große überdachte Terrasse, herrlicher Blick auf das Meer, hundert Quadratmeter Wohnfläche, drei Zimmer, Küche, Bad und das Meer ist zu Fuß erreichbar, genau, wie Ihr es vorgeschlagen habt. Dabei ist der Preis noch im Rahmen geblieben und im Ort gibt es jede Menge von Boutiquen für uns.«

Carola fügte enthusiastisch hinzu:»Drei Discos stehen für Liebhaber lauter Musik zur Verfügung und eine Strandpromenade zum Vorführen der, in der Boutique erstandenen, Klamotten. Meine Eltern schwärmten von der romantischen Live Musik, die früher in Italien an jeder Ecke zu hören war.«

Otto steuerte den Wagen an das Ende einer Schlange, die sich vor der Mautstation gebildet hatte. Diese segensreiche Erfindung sorgte dafür, dass die Autofahrer nicht allzu schnell ihr Ziel erreichen konnten. Es störte ihn, dass die Abfertigung der beiden Schlagen neben uns zügiger voran ging, er also eine Fehlentscheidung bei der Auswahl der Schlange getroffen haben musste. Als endlich der Schlagbaum erreicht war, musste festgestellt werden, dass der im Vorjahr freundlich lächelnde Italiener inzwischen durch einen Automaten ersetzt worden war. Otto steckte das Ticket irgendwo in einen Schlitz, dann wurde der

Zahlbetrag von vier Euro vierzig angezeigt und ein Trichter tat sich auf, der diesen Betrag schlucken wollte. In aller Eile wurden die die geforderten Münzen gesammelt, Otto traf im ersten Versuch den gierigen Schlund und die Schranke öffnete sich endlich für unsere Weiterfahrt. Das beruhigte auch die hinter uns Wartenden.

Renate verteilte Apfel- und Karottenscheiben und las aus ihrem Reiseführer vor: »Besonders sehenswert ist der Campanile der Kirche Santa Maria aus dem dreizehnten Jahrhundert, den könnten wir zusammen besteigen.« Hans kuschelte sich an die Kopfstütze und bekundete sein Interesse an der Verlesung von Sehenswürdigkeiten durch leise vernehmbare Schnarch Töne. Otto hätte gerne gezeigt, für welche Geschwindigkeiten sein Mercedes der S-Klasse gebaut war, aber er hatte schon zwei Mal ein saftiges Bußgeld bezahlen müssen und hielt sich an die angezeigte Höchstgeschwindigkeit. Vor Genua wurde der Verkehr immer dichter, die Fahrt geriet ins Stocken und kam schließlich ganz zum Erliegen. Die Sonne schien unbarmherzig und der Fahrer ließ den Motor laufen, um die Klimaanlage in Funktion zu halten. Das löste den Protest von Renate aus, die es aus Gründen der Umweltverträglichkeit für angezeigt hielt, den Motor abzustellen. Man schwitzte mit Anstand und wartete geduldig in zwei endlos wirkenden Autoschlangen. Nach einer halben Stunde verfinsterte sich Carolas Gesicht immer mehr, sie ruschelte unruhig auf ihrem Sitz hin und her, ihre Blase machte sich bemerkbar.

»Ich sehe für die Lösung Deines Problems zwei Möglichkeiten«, dozierte Otto in der ihm eigenen Weise, »wir öffnen die mitgeführte Ananasdose und verspeisen den Inhalt. Auf diese Weise hättest Du ein geeignetes Gefäß für Dein dringendes Bedürfnis, oder Du hockst Dich im Schutze von zwei geöffneten Autotüren auf die Straße, dann kann nur der Gegenverkehr Deinen entblößten Popo entdecken, und die Entgegenkommenden siehst Du so bald nicht wieder. Von panischer Unruhe ergriffen, rannte Carola um den Wagen herum und hockte sich zwischen die Autotüren. Das Bächlein, das aus ihr heraus sprudelte, verschwand unter dem Auto und kam munter plätschernd auf der anderen Seite wieder hervor.

»Das hat sich aber gelohnt, da hätte die Ananasbüchse nicht ausgereicht«, spöttelte ihr Ehemann, als sie mit gesenktem Blick wieder einstieg und die Autoschlange sich langsam wieder in Bewegung setzte.

Es herrschte schon Schummerlicht als die freundliche Stimme aus dem Navigationsgerät endlich verkündete: »Nach fünfhundert Metern bitte rechts fahren, dann Ankunft.« Oberhalb von Finale Ligure war die Burg Castelfranco erkennbar, und der Campanile hob sich markant gegen den Abendhimmel ab.

»Wenn wir rechts fahren, kommen wir in die Berge. Ein Haus mit Seeblick liegt am Meer und dann müssten wir links abbiegen!« Der Fahrer vertraute seinem Navi mehr als den Überlegungen von Hans, und nach einigen Minuten bestätigte die freundliche Stimme: »Sie haben Ihr Ziel erreicht. Es befindet sich auf der rechten Seite.«

Nach dem Aussteigen streckten sich die Ankömmlinge und suchten im Halbdunkel nach einem Haus, auf das die Beschreibung im Prospekt passen könnte, Hausnummern waren nicht zu erkennen. »Ich fürchte, dort ist das Haus«, rief Otto und deutete mit der Hand auf einen in die Jahre gekommenen Bungalow.

»Ein Haus in Naturstein errichtet, wie romantisch«, frohlockte Hans.

Der Schlüssel war beim Nachbarn hinterlegt, der seine gestenreiche Einweisung in italienischer Sprache vortrug, beim Auspacken half und sich als ein liebenswerter Hilfsverwalter erwies. Das Haus war von einem naturbelassenen Garten umgeben, es war geräumig und ruhig gelegen, ließ aber unübersehbare Spuren des Verfalls erkennen. Türen und Fenster ließen sich nur mit Mühe schließen, die Terrasse bestand aus einer Komposition von zerbrochenen Platten, auf den Stühlen war ein unbesorgtes Sitzen nicht möglich, der elektrische Herd hatte runde Eisenkochfelder, die man sonst nur noch im Museum finden konnte, und einen Geschirrspüler suchte man in der etruskischen Herberge vergebens. Das Meer war nur mit scharfen Augen durch das Schlafzimmerfenster ausfindig zu machen, und der Fußmarsch dorthin nahm, nach Auskunft des Nachbarn, eine halbe Stunde in Anspruch.

Bei Otto und Carola, die ihren gewohnten Luxus vermissten, wollte sich keine Begeisterung einstellen. Hans hingegen zeigte sich in bester Stimmung, lobte die zahlreichen Kräuter im Garten, entkorkte den mitgebrachten Sekt, und lud zu einem Umtrunk auf der welligen Terrasse ein. Die Freunde stießen auf einen glücklichen Urlaub an und genossen den lauen Sommerabend. Renate, die frühes Aufstehen gewohnt war, lief in den Ort, kaufte Brötchen und Croissants, deckte liebevoll den Frühstückstisch und schmückte ihn mit Blumen aus dem Garten. Die Sonne schien am Morgen so unbarmherzig, dass man froh über das schattenspendende Vordach war.

Der Strand und die Uferpromenade, mit dem Blick auf die Bucht und die Berge, der azurblaue Himmel und das bunte Treiben belohnten die Besucher und entschädigten für die beschwerliche Anreise. Die Viale delle Palme machte ihrem Namen alle

Ehre und die Boutiquen und Restaurants vermittelten einen mondänen Eindruck. An dem gut besuchten Sandstrand gab es eine *strenge Liegeordnung*, einige Hotels verfügten über einen exklusiven Strandteil, der gegen Eindringlinge verteidigt wurde. Dort waren Luxusliegen mit Sonnenschirmen in sechs Reihen aufgebaut, die eng aneinander und schnurgerade aufgestellt waren, als hätte hier ein pedantischer Regisseur gewirkt. An anderen Stellen konnte man eine weniger streng geordnete Versammlung von mietbaren Liegen erkennen, die Lücken dazwischen wurden ungeordnet aufgefüllt mit Badetüchern, Luftmatratzen, mitgebrachten Klappstühlen und Schirmen. Auf diese Weise wurde der Strand intensiv genutzt, von der Möglichkeit eines Bades im Meer machen Kinder regen Gebrauch, die meisten Erwachsenen beschränkten sich auf eine Berührung des Meeres mit den Fußspitzen.

Carola und Otto mieteten sich Liegen und Sonnenschirm, Renate und Hans bevorzugten den kostenfreien Teil des Strandes. Die pekuniären Verhältnisse erzwangen eine nicht geplante Trennung der Paare am Strand. Bei Carola sorgte die »Windbestäubung« für ein Wachstum des Babys in ihr und die leichte Rundung ihres Bauches kündete von diesem frohen Ereignis. Otto lud seinen Freund zu einem Gin Tonic an der Strandbar ein, die angehende Mutter bevorzugte den Schatten unter dem Sonnenschirm und Renate wollte ein Bad im Meer nehmen. Die beiden Herren versuchten sich an der Bar einen Überblick über die Aktivitäten am Strand zu verschaffen und erkundigten sich nach den Möglichkeiten zum Mieten eines Motorbootes. Otto hatte den Wunsch, dem beengten und volksnahen Strandleben zu entfliehen. Sie schlenderten zu dem Motorbootstand, betrachteten dabei die weiblichen Schönheiten, ausgeflippte Strandkleider und reservierten für den nächsten Tag ein Sportboot.

»Wo ist Renate, ist sie nicht hier?«, fragte Hans verwundert nach seiner Rückkehr.

»Sie hat sich die Luftmatratze gegriffen und wollte ein Bad nehmen«, antwortete Carola und blickte beunruhigt von ihrer Modezeitschrift auf. Hans hielt angestrengt Ausschau nach einer blauen Luftmatratze, konnte jedoch keine ausfindig machen. Er bat einen älteren Herrn ihm sein Fernglas zu leihen, der damit versuchte bestimmte, frauliche Details besser zu erkennen und sich nur ungern dabei stören ließ.

»Ich habe Renate sehr weit draußen entdeckt, sie versucht verzweifelt mit Paddelbewegungen der Arme zurück zu kommen. Wahrscheinlich ist sie auf der Matte eingeschlafen und wurde von der Strömung abgetrieben, wir müssen Hilfe holen!« Die Freunde rannten auf das Häuschen der Küstenwache zu, machten die braungebrannten Helfer auf die blaue Matte aufmerksam und sprangen in ein bereitstehendes Rettungsboot. Mit wilden Gesten deuteten die Retter ihr Kommen an, als wollten sie die Verunglückte bestärken die Hoffnung nicht aufzugeben. Renate war erschöpft und unterkühlt als sie ins Boot gezogen wurde, und wirkte verwirrt, wie ein Küken, das aus dem warmen Nest gefallen war. Die Strandbesucher nahmen regen Anteil an der Rettungsaktion, und als das Boot mit der Geretteten zurückkehrte, wurden die gutaussehenden Italiener der Küstenwacht wie Gladiatoren gefeiert, die siegreich ins Kolosseum einzogen.

Die nächsten Tage verbrachte man am Strand oder auf dem Boot, abends lud der wohlhabende Otto die weniger vom Reichtum verführten Freunde in erstklassige Restaurants ein. Hans wollte sich revanchieren und erklärte sich bereit, seine berühmte Ente à l'orange auf der eigenen Terrasse zu servieren. Renate, deren Kochkünste als bescheiden zu bezeichnen waren, beschränkte sich auf die Dekoration des Tisches und die Zubereitung des Salats. Der Koch wirkte nervös, die Ente, die Sauce, der Broccoli und die Kroketten sollten gleichzeitig serviert werden, erforderten jedoch unterschiedliche Garzeiten. Dann stellte er verzweifelt fest, dass die Mandeln fehlten. Renate eilte zu dem freundlichen Nachbarn und kam mit einer Tüte Mandeln und einem zusätzlichen Rezept für Enten zurück. Beim Wenden des Vogels kündigte sich eine weitere Überraschung an, wenn Kochplatte und Backrohr gleichzeitig benutzt werden, dann sprang die elektrische Sicherung heraus, es musste also in mehreren Etappen gekocht werden. Mit einer halben Stunde Verspätung war die Ente goldbraun, roch verführerisch und wurde mit Weißwein und Cognac gelöscht.

Hans band eilig die Schürze ab und setzte sich sichtbar entspannt an den Tisch. Man hörte das leise Zirpen der Grillen, wie ein fernes Orchester in der Nacht, die laue Luft war angefüllt mit dem Duft der Blumen und Kräuter aus dem Garten, Kerzen und Blumengirlanden auf dem Tisch sorgten für ein feierliches Ambiente und man stieß auf die gelungene Rettung und einen schönen Urlaub an. Nach dem Essen erhob sich Otto: »Welch ein Glück, Euch zu Freunden zu haben, Ihr seid nicht nur abenteuererprobte Reisebegleiter, Ihr versteht auch etwas vom Kochen unter erschwerten Bedingungen. Vielleicht war ein Unterbrechen des Garvorgangs durch Stromausfall notwendig, um Deine Ente so perfekt zu machen, dass sie jedem Gourmet Tempel das Wasser reichen kann. Wir trinken auf Euer Wohl!«

Renate wollte nicht nur am Strand liegen und schlug eine Besichtigung der Kirche Santa Maria vor. Die Herren hatten den Wunsch den Glockenturm zu erklimmen, die Damen interessierten sich mehr für die Kirchenfenster. Der Aufstieg über die halb dunklen, ausgetretenen Stufen erwies sich als schweißtreibend, der Blick über die Altstadt und auf die Bucht entschädigte für diese Strapazen. Beim Anblick des Marktplatzes bemerkte Hans: »Da unten bewegt sich ein Auto, das sieht aus wie Deins.«

»Das ist mein Auto!«, stellte Otto entsetzt fest und galoppierte die Treppe hinunter.

»Unser Mercedes wurde geklaut«, rief er den Damen zu und rannte auf die Straße. Er konnte die nun freie Parklücke finden, die er nachdenklich abschritt, aber von dem Auto fehlte jede Spur. Man rief ein Taxi und fuhr zurück in den Bungalow. Dort wartete eine zweite Überraschung: Die Ferienwohnung war total ausgeraubt worden, nicht einmal die Badesachen auf dem Trockenständer hatte der gewissenhaft arbeitende Dieb zurückgelassen. Auffällig war, dass alle Gegenstände, die zur Ausstattung des Hauses gehörten, wie Fernseher, Küchenmixer, Toaster nicht mitgenommen wurden, der Dieb schien sich mit Akribie auf den Besitz der Touristen zu beschränken.

Carola ließ sich verzweifelt auf einen Stuhl gleiten, ihr kullerten ein paar Tränen über die verschwitzten Wangen. Ohne ihr Outfit und ihre Schminkutensilien fühlte sie sich nackt und hilflos, wie ein frisch geborenes Baby, das von der Mutter vergessen wurde. Sie war von ihrer Mitschuld überzeugt, weil sie den Zweitschlüssel für den, mit Wegfahrsperre ausgerüsteten, Mercedes auf die Wohnzimmerkonsole gelegt hatte. Vermutlich hatte der Eindringling beim Ausräumen der Wohnung den Schlüssel entdeckt und wurde dadurch zum Autodiebstahl animiert, sozusagen als Sahnehäubchen seines Diebeszugs.

»Weine nicht, wir haben Freunde, alles wird wieder gut. Ich muss klären, ob der Autodiebstahl von der Versicherung gedeckt wird, wenn der Dieb Zugang zum Autoschlüssel hatte, wir müssen eine Anzeige auf einem Polizeirevier erstatten, und wir werden ein Auto mieten, damit wir mobil bleiben«, tröstete Otto seine Frau.

Auf dem Polizeirevier gab man sich gelassen: »Die meisten gestohlenen Luxuswagen tauchen bald wieder auf, die Kleidungsstücke und den Fotoapparat können Sie abschreiben, wurde Geld gestohlen?«, fragte der freundliche Carabinieri, der keine Anstalten machte den Tatort zu besichtigen.

»In meinem Koffer hatte ich einen Laptop und dreihundert Euro Notreserve versteckt, aber den Koffer hat der Dieb auch mitgenommen, er konnte ihn auch zum Transport des Diebesgutes benutzen. Ohne meinen Laptop bin ich hilflos, wie ein Blinder. Alle meine Geschäftskontakte, meine Termine und Fotos sind dort gespeichert«, lamentierte Otto. Danach gab er eine Beschreibung des Mercedes, es wurde ein Protokoll angefertigt, und die verstörten Touristen durften in ihren ausgeräumten Bungalow zurückkehren. Auf dem Rückweg kauften sich die Bestohlenen Badesachen, Hemden und Hosen für die nächsten Tage.

Der Nachbar nahm regen Anteil an den Nöten der Bungalowbewohner, schämte sich als Italiener für seine plündernden Landsleute, fand tröstende Worte und lud, als Zeichen einer Wiedergutmachung, zum Abendessen ein. Die deutschen Paare hatten vergeblich versucht einen Blumenladen zu finden und sind mit Blumen aus dem Garten und einer Flasche Wein der Einladung gefolgt. Zwischen den Palmen waren Lichterketten gespannt, die Poolbeleuchtung warf ein schummriges Licht, die ehrwürdigen Bäume wurden von unten angestrahlt und ein fest eingebauter Grill stieß Rauchwölkchen aus. In einiger Entfernung waren die Lichter von Finale Ligure zu erkennen und Duft von gegrilltem Fleisch umschmeichelte die Besucher in dieser warmen Nacht. Von einem Beistelltisch lachten köstliche Vorspeisen den Hungrigen an, von denen nur die Austern bei den Damen keinen Gefallen fanden.

Das italienische Nachbarehepaar und ihre beiden Kindern waren den Deutschen Gästen seit dem Urlaubsbeginn bekannt. Zusätzlich, an der festlich gedeckten Tafel, saß der Patrone, das Familienoberhaupt. Er war etwa sechzig Jahre alt, hatte einen untersetzten, kräftigen Körper, üppiges, ergrautes Haar und ein fast rundes, braungebranntes Gesicht mit Schnurrbart, das wie die Sonne Siziliens strahlte. Sein Aussehen und die Autorität, die er ausstrahlte, erinnerten an einen Paten. Der Diebstahl wurde ihm von mehreren Seiten ausführlich geschildert, und als er endlich das Wort ergriff, verstummten alle anderen: »In Italien gibt es viele arme, perspektivlose Menschen, die sich von der Gesellschaft vernachlässigt fühlen. Sie holen sich den Anteil am Wohlstand, von dem sie glauben, dass er ihnen zusteht, von den Reichen und den Touristen. Das hat eine bedauernswerte Tradition in bella Italia«, erklärte der Patrone entschuldigend in fast perfekter deutscher Sprache.

Während der reichhaltigen Mahlzeit wurde über die sozialen Spannungen durch das Wohlstandsgefälle und, wie kann es anders sein, über Fußball gesprochen. Nach dem Espresso griff der Gastgeber zur Gitarre und trug romantische, italienische Lieder vor, die, besonders bei den Damen, gut ankamen. Frei von Produkten der Kosmetikindustrie wirkte Carola frisch und schön, wie ein erwachender Morgen, sie bewegte ihren Körper im Rhythmus der Musik, planschte entspannt mit den Füssen im Schwimmbecken und hatte ihre ladyhafte, manierierte Haltung völlig abgelegt.

Beschwingt vom Wein philosophierte Hans: »Wer eine Umverteilung rechtfertigen will, darf sich nicht dem Makel der Selbstbereicherung aussetzen, er müsste das Diebesgut unter den

Armen aufteilen. Ich würde es dann als Spende betrachten, obwohl ich nicht zu den Reichen zähle.«

»Ich habe gute Kontakte und viele Freunde hier«, schaltete sich der Patrone erneut ein, »ich werde versuchen, herauszufinden, wer Ihre Sachen geklaut hat, unsere Polizei ist überfordert.«

Der neue Tag war angebrochen als die Gäste gut gelaunt, sich gegenseitig stützend und beeindruckt von der italienischen Lebenskunst, zurück in ihren kahlen Bungalow wankten. Der Tag, der so dramatisch begann, hatte einen versöhnlichen Ausklang gefunden.

Nach weiteren zwei Tagen kamen die Urlauber mit dem gemieteten Auto vom Strand, als ein Postbote vor dem Bungalow stand. Er lud die gestohlenen vier Koffer aus und verlangte eine Unterschrift. Otto riss eilig seinen Koffer auf und fand seinen geliebten Laptop, den Fotoapparat und sogar die dreihundert Euro, friedlich versammelt lächelten sie ihm aus dem Koffer zu.

Renate stellte verblüfft fest: »Unsere schmutzige Wäsche ist frisch gewaschen und gebügelt, so sauber würde ich das nie hinkriegen.«

»Das ist ein Service der Diebe, mit dem wir in Deutschland nicht rechnen dürften«, witzelte Hans erleichtert.

»Jetzt fehlt nur noch der Mercedes«, murrte Otto und klagte über den geringen Komfort in dem Mietwagen. Sein Meckern wurde von dem munteren Klingeln des Handys unterbrochen: »Pronto, fantastico, subito«, rief er und beeindruckte mit seinen italienischen Kenntnissen die Freunde, »ich habe nicht alles verstanden. Wir sollen auf das Polizeirevier kommen wegen des gestohlenen Autos.«

»Na, was habe ich ihnen gesagt, das Auto taucht wieder auf«, triumphierte der freundliche Carabinieri auf dem Revier, »unser tüchtiger Giovanni im Streifenwagen hat einen Mercedes entdeckt, auf den Ihre Beschreibung passen würde. Wir fahren gemeinsam hin.«

An der Ausfallstraße auf dem Fahrbahnrand stand Ottos Mercedes und wirkte traurig, wie ein Kind, das im Ausland seine Eltern verloren hat. Der Wagen war weitgehend unbeschädigt, nur eine leichte Delle und ein leerer Tank zeugten von seinem unfreiwilligen Ausflug. Der stolze Besitzer streichelte das Lenkrad seines Lieblingsspielzeugs und setzte sich auf den Fahrersitz, wie der König auf einen Thron. Durch die Fahrt in dem klapprigen Mietauto sind ihm die edlen Eigenschaften seines Gefährts erst richtig zum Bewusstsein gekommen. Man genießt einen köstlichen Wein intensiver, wenn man sich auch schon mit schlechtem Wein abfinden musste.

Die restlichen Urlaubstage vergingen bei Sonnenschein und harmonischem Beisammensein. Carola, die oft im Schatten ihres wortgewaltigen, belehrenden Mannes stand, rückte durch ihre Schwangerschaft in den Mittelpunkt des Interesses der Freunde und insbesondere der Italiener. Jeder war bemüht, ihr das Leben zu erleichtern, sie mit Getränken zu versorgen, ihr aus den Stuhl zu helfen, ihr beim Umkleiden behilflich zu sein, bis ihr die überbesorgten Hilfsangebote lästig wurden, und es aus ihr herausplatzte: »Ich bin schwanger und nicht krank!«

Während der Rückfahrt war es die verwöhnte Carola, die den Italienurlaub Revue passieren ließ und feststellte: »Der Abend bei unseren italienischen Nachbarn und der Abend auf unserer welligen Terrasse, mit der unvergesslichen Ente von Hans, waren für mich die schönsten Erlebnisse. Ich habe meine gestohlenen Schminksachen nicht wirklich vermisst. Unsere Essen in den Gourmet Tempeln war nett aber steif und kamen an die beiden lustigen, ungezwungenen Abende nicht heran. Wollen wir im nächsten Jahr wieder diese herrlich verstaubte, etruskische Herberge mieten?«

Carolas Baby

Die Rundung ihres Bauches hatte einen gewaltigen Umfang angenommen und Carola war überrascht, dass ihr Körper zu einer solchen Ausdehnung fähig war. Liebevoll strich sie mit den Händen über die Wölbung und blickte aus dem Fenster in den schneebedeckten Garten. Nach ihren Berechnungen müsste das Kind Ende Januar ankommen, bis dahin waren es nur noch wenige Tage. Am Anfang der Schwangerschaft litt sie unter Übelkeit, jetzt fühlte sie Vorfreude und Wohlbefinden. Nur die lästige Frage von Freunden und Verwandten: »Wann ist es endlich so weit«, nervte die angehende Mutter. Sie kam sich dann vor, wie eine Henne, die gackerte, ohne ein Ei zu legen und in Lieferrückstand geraten war.

Bei dem Schwangerenkurs wurde ihr eingeschärft, wenn die Wehen regelmäßig kommen oder die Abstände kürzer werden, sollte sie sich unverzüglich ins Krankenhaus begeben. Seit einiger Zeit spürte sie ein unangenehmes Ziehen im Körper, das in kürzer werdenden Abständen kam. Sie war allein im Haus und entschloss sich, Otto in seinem Büro anzurufen. Der besorgte Ehemann kam sofort und fuhr mit ihr auf die Entbindungsstation. Dort verbrachten sie gemeinsam den Nachmittag und den Abend. Nach dem Rat des Arztes, fuhr das Paar unverrichteter Dinge wieder nach Hause, und sie gaben auch bei den Eltern Entwarnung. Otto rief seinen Schwiegervater an, zu dem er, seit der Schwangerschaft, ein unverkrampftes, fast freundschaftliches Verhältnis gefunden hatte: »Der Stammhalter will lieber im warmen Bauch bleiben um Kräfte für eine laute Stimme zu sammeln.«

Carola hatte, zusammen mit ihrem Vater, das Kinderzimmer hergerichtet. Er kaufte auch die hölzerne Wiege und baute sie auf. Seit Heinrich wusste, dass ein Junge erwartet wurde, hatte er blaue Babywäsche beschafft, und Carola stapelte diese Geschenke liebevoll im Kindezimmerschrank. Ihre Mutter war mit der Bibelarbeit und ihrer Malerei beschäftigt und hatte noch keine Zeit gefunden, das Kinderzimmer zu begutachten. An diesem Tag fühlte sich die Schwangere schlapp und wollte sich ausruhen. Plötzlich fühlte sie wieder das krampfartige Ziehen im Bauch, diesmal deutlicher. Sie setzte sich, befühlte den Bauch und hoffte auf ein Abklingen der Krämpfe. Sie fürchtete sich davor erneut einen Fehlalarm aus zu lösen, atmete tief durch und wartete. Der Schmerz ließ nach und kam dann umso heftiger, und sie rief ihren Vater an.

Heinrich kam so schnell er konnte, aber der Berufsverkehr machte eine längere Anfahrzeit erforderlich und Carola verbrachte eine beunruhigende Stunde allein im Haus. Der herbei gerufene Notarzt stellte fest, dass die Wehen in kurzen Abständen kamen und veranlasste die Überführung auf die Entbindungsstation. Heinrich fuhr im Notarztwagen mit, und es ging mit Blaulicht in Richtung Krankenhaus. Der Arzt beschäftigte sich mit Carolas Bauch und der Vater hielt ihre Hand. Gerade als die Auffahrt zum Krankenhaus erreicht wurde, hörte man das kräftige Schreien eines Babys aus dem Wagen, als wollte es mitteilen: »Hoppla, hier bin ich! Ihr habt Euch gefälligst zu freuen.«

»Die Stimme und die Lungen sind gesund«, rief der Arzt, als er der Mutter das Kind in den Arm legte, »auch sonst ist alles dran an ihrem Sohn.«

Die Zeit der Unsicherheit und des Lieferverzugs war endlich vorbei. Carola war berauscht von einem Gefühl der Vollwertigkeit und des Glücks, die dramatische letzte Stunde war vergessen, und der Schmerz fiel ab. Sie wollte das Kind nach ihrem geliebten Vater nennen, jedoch kam ihr der Name Heinrich verstaubt vor, das wollte sie ihrem Kind nicht antun. Sie beschloss, zusammen mit Otto, dem Sohn den Namen Henry zu geben.

Der frischgebackene Vater nahm seinen Sohn auf den Arm, betrachtete ihn lange und war, trotz der vielen Falten des Neugeborenen, mit seinem Werk zufrieden. Als Henry bei ihm unruhig die Brust suchte, gab er den Hungernden schnell an Carola zurück. Heinrich war begeistert von dem Goldkind. Er entdeckte in dem faltigen Babygesicht eine Ähnlichkeit mit seinem Vater und mit Anna, wiegte das Kind andächtig im Arm, trug es durch das Zimmer und klopfte Otto bewundernd auf die Schulter: »Die schwarzen Haare könnten von meiner Schwester sein, alle Eure Haare sind heller.«

Anna passte für ihren Antrittsbesuch einen Moment ab, in dem ihr Mann gerade nicht bei dem Baby war. Sie setze sich ihre Brille auf, untersuchte Gesicht und Gliedmaßen auf Vollständigkeit, gratulierte der Mutter und fragte: »*Wann soll Henry getauft werden?*«
Die Eltern hatten mit dieser Frage nicht gerechnet und empfanden die darin enthaltene Forderung als Einmischung: »Wir haben nicht die Absicht das Kind taufen zu lassen. Wenn es fünfzehn Jahre alt wird, und sich eine Meinung zu Glaubensfragen bilden kann, dann soll es selbst entscheiden, ob es getauft werden will.«
Anna nahm ihre Brille ab und blickte ihrer Tochter streng in die Augen, ihre Stimme wurde fordernd: »Henry ist hier im christlichen Abendland geboren. Mit der Taufe wird ein Bekenntnis zur christlichen Moral bezeugt und der Weg zum Ewigen Leben beschritten. Das dürft Ihr Eurem Kind nicht vorenthalten.«

Otto mochte seine Schwiegermutter, aber ihren religiösen Fanatismus hielt er für übertrieben, und ihre Missionsversuche empfand er als lästig:»Meine liebe Anna, die Religionen haben sich nicht nur mit Moral beschäftigt, sondern mit Religionskriegen, die vom Streben nach Macht geprägt waren und viel Unheil über die Menschheit gebracht haben. Durch die Religion wird die Menschheit in Unmündigkeit, im Schuldgefühl und in der Angst gehalten. Unser Kind soll frei von der Angst vor Gott und der Hölle aufwachsen.«

»Es ist bedauerlich, dass wir unterschiedliche Ansichten zu religiösen Fragen haben, aber eine Taufe kann Henry nicht schaden, er hat später die Möglichkeit die christliche Gemeinschaft wieder zu verlassen.«

»Ich habe an einer katholischen Taufe teilgenommen«, ereiferte sich Carola,»ich war erschrocken, welche Versprechen Eltern und Paten dabei abgeben mussten. Sie geloben nicht nur das Kind im christlichen Glauben und in Gottesfurcht zu erziehen, sondern den Satan von ihm fern zu halten. Wenn Satan im wörtlichen Sinne gemeint ist, erinnert es mich an das Mittelalter und stinkt nach Schwefel und Aberglauben. Sollte mit dem Satan das Böse gemeint sein, dann müsste *ich mich* von dem Kind fern halten, denn *Gott und der Teufel sind in mir,* Himmel und Hölle sind verwaist.«

Henry meldete sich aus der Wiege, zunächst mit einem Rülpsen, dann mit lautstarkem Protest, als wollte er deutlich machen, dass er die Nähe des Satans in Kauf nimmt, aber nicht mutterlos aufwachsen will. Otto nahm ihn auf den Arm und trug den Schreihals im Zimmer umher.»Habe keine Furcht mein Sohn, Du wirst nicht getauft.«

Anna suchte nach weiteren Argumenten für eine Taufe:»Ohne Gottesfurcht neigt der Mensch zur Zügellosigkeit, ohne Moral wird er zu einer gierigen Bestie. Die Gesellschaft stürzt in ein Chaos ohne die Autorität von Staat und Kirche.«

Das Kind hatte sich beruhigt und der Vater legte es zurück in die Wiege. Carola strahlte Otto an und wandte sich wieder ihrer Mutter zu:»Die Kirche hat sich in lobenswerter Weise für soziale Projekte engagiert, aber sie stand meistens auf der Seite der Reichen und Mächtigen. Henry wird ohne Religion, aber nicht ohne Ethik und Moral aufwachsen. Er soll aus innerer Überzeugung einer bösen Tat widerstehen, nicht aus Furcht vor der Hölle. Er soll zu der Erkenntnis gelangen, dass seine Untat böse Folgen nach sich zieht und sich irgendwann selbst rächen wird.«

Anna wusste, dass ihr Mann ihren religiösen Eifer nicht teilte und keinen Wert auf eine Taufe legte. Sie fühlte sich, einmal mehr, von ihm und ihrer Tochter allein gelassen und verabschiedete sich gekränkt.

Einige Tage später erbot sie sich das Kind spazieren zu fahren, da ihre Tochter jede Nacht den lautstark fordernden Henry stillen musste, und ihr Schlaf fehlte, war sie dankbar für das Angebot. Carola nutzte die Zeit für ein kurzes Nickerchen und einen Einkaufsbummel. Als sie zufällig an der Kirche vorbei kam, sah sie ihre Mutter mit dem Kind auf dem Arm aus dem Gotteshaus kommen. Sie hat Henry heimlich selbst getauft, dachte die Tochter, wenn Mutter dadurch ihren Seelenfrieden findet, und solange die Kirche keinen Einfluss auf seine Erziehung nimmt, soll es mir Recht sein.

Das nächtliche Babygeschrei weckte auch Otto, er drehte sich dann auf die andere Seite und überließ es seiner Frau den Sohn zu stillen oder Windeln zu wechseln. Er wollte für seine beruflichen Herausforderungen ausgeruht sein. Nur am Wochenende wechselte er gelegentlich die Windeln oder gab Henry die Flasche und es machte ihm Freude. Es machte Carola glücklich, dass er sich nicht in die Rolle des Vaters gedrängt fühlte sondern sie ausfüllte.

Enttäuscht musste Otto feststellen, dass seine Frau ihre Zuwendung zunehmend auf das Kind fokussierte und ihm weniger Aufmerksamkeit schenkte. Er fühlte sich abgeschoben in die zweite Reihe, und ihn schmerzte der Verlust an Zuwendung. Als ein wichtiger japanischer Geschäftspartner nach Berlin kam, wurde ein großer Empfang organisiert, bei dem auch die Anwesenheit der Ehefrauen erwartet wurde. Carola hatte sich für diesen Anlass ein neues Kleid zugelegt. Am Morgen des Empfangs litt Henry unter Fieber und Carola hatte den Empfang sofort abgesagt, ohne sich um eine Kinderbetreuung zu bemühen. Solange das Kind kränkelte, schlief die besorgte Mutter im Kinderzimmer und der Ehemann, der nach Zärtlichkeiten ausgehungert war, konnte von berauschenden Nächten nur noch träumen.

Otto unternahm jetzt längere Geschäftsreisen und empfand in der Ferne Sehnsucht nach seiner Familie. Er erzählte voller Stolz seinen Geschäftspartnern von der Geburt seines Sohnes und zeigte die neusten Fotos. Hans war jetzt öfter in dem Bungalow in Dahlem anzutreffen. Seine eigene Vaterrolle war in die Ferne gerückt, und er versuchte seine angestauten Vatergefühle mit dem dankbaren Henry auszuleben.

Opa Heinrich war begeistert von seinem Enkel, er sah in jeder Geste von Henry ein kluges Verhalten, das er auf irgendjemanden aus der Ahnenreihe zurückführte. Er besuchte seine Tochter jetzt regelmäßig und brachte bei jedem Besuch einige Geschenke mit, viele waren sinnvoll, manche überflüssig. Ein besonderes Vergnügen bereitete ihm ein Ausflug mit dem Kinderwagen, denn der Großvater wollte seinem Enkel die große Welt zeigen.

Mit einem Kinderwagen ausstaffiert, kam man leicht ins Gespräch, auch mit jüngeren Frauen, die sich mehr für das Kind interessierten als für ihn. Eine erfreuliche Ausnahme machte die Nachbarin Frau Lindemann, eine Dame Angang fünfzig, die ihren Hund spazieren führte. Sie plauderte gerne mit Heinrich, auch wenn sie ihn ohne Baby antraf.

»Mit den Eisenbarts geht es nun weiter, wenn auch unter anderer Flagge. Aber wo Kaufmann draufsteht, ist Eisenbart drin«, scherzte der stolze Opa und holte ein Leckerli für den Nachbarhund aus der Tasche.

In einer Nacht machte Henry wieder einmal von seinem kräftigen Stimmorgan Gebrauch und forderte sein Fläschchen ein. Carola wollte sich aus dem Bett schleichen, aber Otto hielt sie an der Hand fest: »Der Junge ist jetzt kräftig genug, er könnte nachts durchschlafen. Wenn Du seinen Forderungen immer sofort nachgibst, wird ihm die falsche Überzeugung vermittelt, dass seine Eltern stets zur Stelle sind, wenn er nur laut genug schreit. Lass ihn schreien, auch wenn es uns schwer fällt es anzuhören. Er wird seine Klagen bald einstellen, wenn sie erfolglos bleiben.«

Zunächst wurde das Protestgeschrei lauter, mit kunstvoll eingelegten Pausen, und ging dann in ein hysterisches Jodeln über. Gegen den Rat vom Ehemann, sprang die leidende Mutter aus dem Bett, um ihren Sohn von seinem Kummer zu erlösen. In der nächsten Nacht krähte er seine Mutter wieder aus dem Bett, diesmal schon eine halbe Stunde früher. Durch die nächtlichen Erfolge verwöhnt, forderte Henry die Befreiung aus dem Kinderbett und das Herumtragen im Zimmer lautstark ein. »Wenn das Kind die Erfahrung macht, dass es nur brüllen muss, um sich durchzusetzen, dann vermittelst Du ihm ein falsches Weltbild. In seinem späteren Leben wird es dann bittere Lehren einstecken müssen. Wenn er auf einen Missstand aufmerksam machen will, erscheint mir sein Schreien berechtigt. Lass ihm schreien, wenn er es nur aus Langeweile tut«, schlug Otto der eifrigen Mutter vor.

In einigen Punkten der Erziehung war sich das Elternpaar nicht einig. Die Liebe der Mutter hat ein Kind durch Geburt, ohne eigenes Dazutun. Die Liebe und Anerkennung des Vaters muss es sich erwerben, durch Fleiß, Leistung und Überwindung der eigenen Schwächen. Ein Kind erfasst diesen Unterschied instinktiv und strebt nach der Zuwendung der Mutter und des Vaters.

Henry machte schnelle Fortschritte, bald schlief er nachts durch, nahm kräftig an Gewicht zu und begann zu krabbeln. Er versuchte, mit einem Bieneneifer, sich immer wieder an den Eckstäben seines Kinderbetts aufzurichten, bis er es geschafft hatte, zu stehen. Zur Belohnung hob ihn der begeisterte Opa aus seinem Gefangenenlager und trug den bewundernswerten Stammhalter, fröhlich singend, durchs Zimmer. Der nächste Husarenstreich ließ nicht lange auf sich warten. Henry hatte beobachtet, dass sich ein Gitterstab seines Kinderbettes heraus nehmen ließ. Irgendwie hatte er es geschafft diesen Stab zu entfernen und krabbelte selbst durch die Lücke aus seinem Gefängnis und fiel nach dem ersten Schritt auf die Nase. In seinem Wimmern vereinte sich die Klage über den Schmerz des Sturzes und Enttäuschung über den gescheiterten Gehversuch. Das Naschen vom Baum der Erkenntnis zieht Strafe nach sich, diese Erfahrung musste auch der junge Ausbrecher machen. Es dauerte nicht lange, bis er eine kurze Strecke ohne Sturz gehen konnte.

Heinrich hatte dem Enkel Holzklötze geschenkt, die ineinander steckbar waren. Wenn die zueinander passenden Profile und Farben gefunden wurden, konnte man einen Turm bauen. Die passenden Klötze hatte Henry bald entdeckt und baute den Turm mehrere Mal in Windeseile. Der ordnungsliebende Opa räumte die herumliegenden Klötze, Legosteine und Feuerwehrautos in das Regal zurück. Mit einem Handkantenschlag beförderte das Kind die geordneten Spielsachen wieder vom Regal und demonstrierte damit, was es von der großväterlichen Ordnungsliebe hielt, die seine Kreativität kastrieren wollte.

Kurz nach seinem einjährigen Geburtstag, beglückte er die Mutter mit dem ersten gesprochenen Wort: Mamam, das hatte er oft gehört und es spricht sich leicht aus, also begann er damit seine Sprechversuche. Es folgten die Worte: Opa, und viel später erst: Papa, bald ganze Sätze und Gehversuche.

Nach einiger Zeit begeisterte sich Henry für Gutenachtgeschichten, es gehörte bald zum Ritual vor dem Schlafengehen, dass ihm eine Geschichte erzählt wurde, zu der er drei Hauptfiguren auswählen konnte. Als Otto ins Kinderzimmer kam, um ihm den Gutenachtkuss zu geben, bat er: »Papa erzähle mir meine Gutenachtgeschichte.«
»Deine Mutter hat Dir schon eine Geschichte erzählt.«
»Nein wirklich nicht, aber Du darfst sie nicht danach fragen.«

Einige Zeit später zog Otto ihm die Windeln aus und setzte ihn auf einen Topf. Nach einigen Minuten des Drückens erhob sich das Kind von dem leeren Nachtgeschirr und wandte sich wieder dem Spiel zu mit der Bemerkung: »Geht nicht.« Er hatte offensichtlich erkannt, was sein Vater von ihm erwartete.

Henry ging gerne in den Kindergarten, wo das Einzelkind soziales Verhalten üben sollte. Dort lernte er Astrid und Anita kennen. Als ihn Carola abholte, stritt ihr Sohn mit Astrid und stieß die Drohung aus: »Dann heirate ich Anita, die darf mir die Suppe kochen.«

»Du kannst doch die Anita nicht leiden?«, forschte seine Mutter nach.

»Bei Astrid habe ich *gelügt*«, bekannte der gegehrte Junggeselle ohne Umschweife.

Der Vater wollte das Verständnis für Zahlen testen, dabei kam es zu dem Dialog:

Otto: »Wie alt bist Du?«

Henry: »So alt, dass ich noch nicht in die Schule muss.«

Otto: »Wie alt ist denn das?«

Henry: »So alt, dass ich noch in den Kindergarten gehe.«

Otto: »Wieviel ist das in Jahren ausgedrückt?«

Henry: »Das mit den Zahlen muss ich noch lernen.«

Nur wenn es einen triftigen Grund gab, wie Bauch- oder Zahnschmerzen, durfte Henry die Nacht im elterlichen Bett verbringen, dabei wurden die Eltern gelegentlich von einem strampelnden Bein oder Arm getroffen.

Es war an einem Sonntag um sechs Uhr morgens, Carola und Otto lagen eng aneinander gekuschelt im Bett, als Henry sich in das elterliche Schlafgemach schlich. Niemand beachtete sein Kommen, daher forderte er mit lauter Stimme: »Ausgeslafen, piel mit mir!« Er war schließlich der Goldjunge und erwartete eine Würdigung dieser Stellung. Als sein Vorschlag auf wenig Begeisterung stieß, sah sich das unverstandene Kind gezwungen, ein deutliches Zeichen zu setzen. Wehret den Anfängen! Es hüpfte ins Bett und setzte sich entschlossen mit dem nackten Popo auf Carolas Kopf.

Herstellung und Verlag: BoD- Books on Demand, Norderstedt